LES SERMENS INDISCRETS,

COMEDIE.

LES SERMENS INDISCRETS,

COMEDIE

DE M^r. DE MARIVAUX.

Repréſentée par les Comediens François,
au mois de Juin 1732.

Le prix eſt de Vingt-quatre ſols.

A PARIS;
Chez PIERRE PRAULT, Quay de
Gêvres, au Paradis.

M. DCC. XXXII.
Avec Approbation & Privilege du Roy.

AVERTISSEMENT.

IL s'agit ici de deux Perſonnes qu'on a
deſtinées l'une à l'autre, qui ne ſe con-
noiſſent point, & qui en ſecret, ont un égal
éloignement pour le mariage ; elles ont
pourtant conſenti à s'épouſer, mais ſeulement par reſpect pour leurs Peres, &
dans la penſée que leur mariage ne ſe fera
point. Le motif ſur lequel elles l'eſperent,
c'eſt que Damis & Lucile (c'eſt ainſi qu'elles s'appellent) entendent dire beaucoup
de bien l'un de l'autre, & qu'on leur
donne un caractere extremement raiſon-
nable ; & de-là chacun d'eux conclut qu'en
avoüant franchement ſes diſpoſitions à l'autre, cet autre aidera lui-même à le tirer
d'embarras.

Là-deſſus, Damis part de l'endroit où
il étoit, arrive où ſe doit faire le mariage,
demande à parler en particulier à Lucile,
& ne trouve que Liſette ſa ſuivante, à
qui il ouvre ſon cœur, pendant que Lucile
enfermée dans un Cabinet voiſin, entend
tout ce qu'il dit, & ſe ſent interieurement
piquée de toute l'indifference que Damis
promet de conſerver en la voyant. Liſette
lui recommande de tenir ſa parole, lui dit
de prendre garde à lui, parce que ſa Maî-

treſſe eſt aimable; Damis ne s'en épou-
vante pas davantage, & porte l'intrepidité
juſqu'à defier le pouvoir de ſes charmes.

Lucile de ſon Cabinet écoute impatiem-
ment ce diſcours, & dans le dépit qu'elle
en a & qui l'émeut ſans qu'elle s'en apper-
çoive, elle ſort du Cabinet, ſe montre
tout à coup pour venir ſe réjoüir avec Damis de l'heureux accord de leurs ſentimens,
à ce qu'elle dit; mais en effet pour eſſayer
de ſe venger de ſa confiance, ſans qu'elle
ſe doute de ce mouvement d'amour propre qui la conduit. Or, comme il n'y a
pas loin de prendre de l'amour, à vouloir en
donner ſoi même; ſon cœur commence par
être la dupe de ſon projet de vengean-
ce. Liſette qui s'aperçoit du danger où ſa
vanité l'expoſe, & qui a intereſt que Lucile
ne ſe marie pas, interrompt la converſation
de Damis & de ſa Maîtreſſe, & profitant
du dépit de Lucile, elle l'engage par
raiſon de fierté même, à jurer qu'elle n'é-
pouſera jamais Damis, & à exiger qu'il
jure à ſon tour de n'être jamais à elle ;
ce qu'il eſt obligé de promettre auſſi,
quoiqu'il ait reſté fort interdit à la vûë
de Lucile, & qu'il ſoit très-fâché de tout
ce qu'il a dit avant que de l'avoir vûë.

C'eſt de-là que part toute cette Comedie;
Lucile en quitant Damis, ſe repent de la
promeſſe qu'elle a exigée de luy, parce que

fon dépit avec ce qu'il a d'aimable, lui a déja troublé le cœur; ce qu'elle manifeſte en deux mots à la fin du premier Acte. Damis, de fon côté, eſt au deſeſpoir, & de l'éloignement qu'il croit que Lucile a pour lui, & de l'injure qu'il lui a faite par l'imprudence de ſes diſcours avec Liſette.

Voilà donc Lucile & Damis qui s'aiment à la fin du premier Acte, ou qui du moins ont déja du penchant l'un pour l'autre. Liés tous deux par la convention de ne point s'épouſer, comment feront-ils pour cacher leur amour? Comment feront-ils pour ſe l'aprendre? car ces deux choſes là vont ſe trouver dans tout ce qu'ils diront. Lucile ſera trop fiere pour paroître ſenſible; trop ſenſible pour nêtre pas embarraſſée de ſa fierté. Damis qui ſe croit haï, ſera trop tendre pour bien contrefaire l'indifferent, & trop honnête homme pour manquer de parole à Lucile, qui n'a contre ſon amour que ſa probité pour reſſource. Ils ſentent bien leur amour, ils n'en font point de myſtere avec eux-mêmes, comment s'en inſtruiront-ils mutuellement après leurs conventions? comment feront-ils pour obſerver & pour trahir en même tems les meſures qu'ils doivent prendre contre leur mariage? c'eſt-là ce qui fait tout le ſujet des quatre autres Actes.

On a pourtant dit que cette Comedie-

ci, reſſembloit à la Supriſe de l'Amour, &
j'en conviendrois franchement, ſi je le ſen-
tois; mais j'y vois une ſi grande difference,
que je n'en imagine pas de plus marquée
en fait de ſentiment.

Dans la Surpriſe de l'Amour, il s'agit
de deux Perſonnes qui s'aiment pendant
toute la Piece, mais qui n'en ſçavent rien
eux-mêmes, & qui n'ouvrent les yeux
qu'à la derniere Scene.

Dans cette Piece-ci, il eſt queſtion de
deux Perſonnes qui s'aiment d'abord, &
qui le ſçavent, mais qui ſe ſont engagées de
n'en rien témoigner, & qui paſſent leur
tems à luter contre la difficulté de garder
leur parole en la violant; ce qui eſt une
autre eſpece de ſituation, qui n'a aucun
rapport avec celle des Amans de la Surpriſe de l'Amour; les derniers encore une
fois, ignorent l'état de leur cœur, & ſont
le joüet du ſentiment qu'ils ne ſoupçon-
nent point en eux, c'eſt-là ce qui fait
le plaiſant d'un Spectacle qu'ils donnent;
les autres, au contraire, ſçavent ce qui
ſe paſſe en eux, mais ne voudroient ni le
cacher ni le dire, & aſſurément je ne vois
rien là dedans qui ſe reſſemble; il eſt vray
que dans l'une & l'autre ſituation, tout
ſe paſſe dans le cœur, mais ce cœur a
bien des ſortes de ſentimens, & le portrait de l'un ne fait pas le Portrait de
l'autre.

Pourquoi donc dit-on que les deux Pieces se ressemblent; en voici la raison, je pense; c'est qu'on y a vû le même genre de conversation & de style; c'est que ce sont des mouvemens de cœur dans les deux Pieces; & cela leur donne un air d'uniformité qui fait qu'on s'y trompe.

A l'égard du genre de stile & de conversation, je conviens qu'il est le même que celui de la Surprise de l'Amour & de quelques autres Pieces, mais je nai pas crû pour cela me repeter en l'employant encore ici; ce n'est pas moi que j'ai voulu copier, c'est la nature, c'est le ton de la conversation en general que j'ai tâché de prendre;ce ton là a plû extrèmement & plaît encore dans les autres Pieces, comme singulier, je crois; mais mon dessein étoit qu'il plût comme naturel, & c'est peut-être parce qu'il l'est effectivement, qu'on le croit singulier, & que regardé comme tel, on me reproche d'en user toûjours.

On est accoûtumé au style des Auteurs ; car ils en ont un qui leur est particulier; on n'écrit presque jamais comme on parle, la composition donne un autre tour à l'esprit, c'est par-tout un goût d'idées pensées & reflechies dont on ne sent point l'uniformité, parce qu'on l'a reçû & qu'on y est fait ; mais si par hazard vous quittez ce style, &

que vous portiez le langage des hommes dans un Ouvrage, & fur tout dans
une Comedie, il eſt ſûr que vous ſerez
d'abord remarqué ; & ſi vous plaiſez, vous
plaiſez beaucoup, d'autant plus que vous
paroiſſez nouveau ; mais revenez-y ſouve nt,
ce langage des hommes ne vous réüſſira
plus, car on ne l'a pas remarqué comme
tel, mais ſimplement comme le vôtre, &
on croira que vous vous repetez.

Je ne dis pas que ceci me ſoit arrivé ;
il eſt vrai que j'ai tâché de ſaiſir le langage des converſations, & la tournure
des idées familieres & variées qui y viennent, mais je ne me flatte pas d'y être
parvenu ; j'ajouterai ſeulement là-deſſus,
qu'entre gens d'eſprit, les converſations
dans le monde ſont plus vives qu'on ne
penſe, & que tout ce qu'un Auteur pourroit faire pour les imiter n'aprochera jamais
du feu, & de la naïveté fine & ſubite
qu'ils y mettent.

Au reſte, la repreſentation de cette Piece-
ci n'a pas été achevée : elle demande de l'at-
tention, il y avoit beaucoup de monde ; &
bien des gens ont prétendu qu'il y avoit
une cabale pour la faire tomber : mais je
n'en crois rien, elle eſt d'un genre dont
la ſimplicité auroit pû toute ſeule lui tenir
lieu de cabale, ſur tout dans le tumulte
d'une premiere repréſentation ; & d'ailleurs,

AVERTISSEMENT.

je ne fuppoferai jamais qu'il y ait des Hommes capables de n'aller à un Spectacle que
pour y livrer une honteufe guerre à un Ouvrage fait pour les amufer. Non, c'eft la
Piece même qui ne plut pas ce jour-là:
Prefqu'aucune des miennes n'a bien pris
d'abord ; leur fuccès n'eft venu que dans
la fuite, & je l'aime bien autant, venu de
cette maniere là. Que fçait-on? peut-
être en arrivera-t'il de celle-ci comme des
autres ; déja elle a fait plaifir à la feconde
Repréfentation, on l'a applaudie à la troi-
fiéme, enfuite on lui a donné des éloges;
& on m'a dit qu'elle avoit toûjours continué d'être bien reçûë par un nombre de
Spectateurs, affez mediocre il eft vrai : mais
auffi a-t-elle été prefque toûjours reprefentée dans des jours peu favorables aux Spectacles.

LES

LES SERMENS INDISCRETS,

COMEDIE.

A

ACTEURS.

LUCILE, Fille de Monfieur Orgon.

PHENICE, Sœur de Lucile.

DAMIS, Fils de Monfieur Ergafte ;
  Amant de Lucile.

M. ERGASTE, Pere de Damis.

M. ORGON, Pere de Lucile & de
  Phenice.

LISETTE, Suivante de Lucile.

FRONTAIN, Valet de Damis.

UN DOMESTIQUE.

La Scene eft à une Maifon de Campagne.

LES
SERMENS
INDISCRETS,
COMEDIE. ·

ACTE PREMIER.

· SCENE PREMIERE.

LUCILE est assise à une table, & plie une Lettre;
un Laquais est devant elle, à qui elle dit :

LUCILE.

QU'ON aille dire à Lisette qu'elle
vienne.

[*Le Laquais part.*]

[*Elle se leve.*]

Damis seroit un étrange homme, si
cette Lettre-ci ne rompt pas le projet qu'on fait de nous marier.

[*Lisette entre.*]
A ij

SCÈNE II.

LUCILE, LISETTE.

LUCILE.

AH! te voilà, Lisette, approche ; Je viens d'apprendre que Damis est arrivé hier de Paris, qu'il est actuellement chez son Pere ; & voici une Lettre qu'il faut que tu lui rendes, en vertu de laquelle j'espere que je ne l'épouserai point.

LISETTE.

Quoi ! cette idée là vous dure encore ? Non, Madame, je ne ferai point votre message ; Damis est l'Epoux qu'on vous destine ; vous y avez consenti ; tout le monde est d'accord : entre une Epouse & vous, il n'y a plus qu'une syllabe de difference, & je ne rendrai point votre Lettre : vous avez promis de vous marier.

LUCILE.

Oüi par complaisance pour mon Pere, il est vrai ; mais y songe-t-il ? Qu'est-ce que c'est qu'un Mariage comme celui-là ? Ne faudroit-il pas être foile, pour épouser un homme dont le caractere m'est tout-à-fait inconnu ? D'ailleurs, ne sçais-tu pas mes sentimens ? Je ne veux point être mariée si-tôt, & ne le serai peut-être jamais.

LISETTE.

Vous ? Avec ces yeux là ? Je vous en défie, Madame.

LUCILE.

Quel raisonnement ! est-ce que des yeux décident de quelque chose ?

LISETTE.

Sans difficulté ; les vôtres vous condamnent à

vivre en compagnie, par exemple. Examinez-vous ;
vous ne sçavez pas les difficultés de l'état austere
que vous embrassez ; il faut avoir le cœur bien fru-
gal pour le soûtenir : c'est une espece de Solitaire
qu'une Fille, & votre phisionomie n'annonce point
de vocation pour cette vie là.

LUCILE.

Oh ! ma phisionomie ne sçait ce qu'elle dit ; je
sens un fond de delicatesse & de goût, qui seroit
toûjours choqué dans le mariage, & je n'y serois
pas heureuse.

LISETTE.

Bagatelle ! Il ne faut que deux ou trois mois de
commerce avec un Mari pour expedier votre délicatesse : allez, déchirez votre Lettre.

LUCILE.

Je te dis que mon parti est pris, & je veux que
tu la portes. Est-ce que tu crois que je me pique
d'être plus indifferente qu'une autre ! non, je ne me
vante point de cela, & j'aurois tort de le faire, car
j'ai l'ame tendre, quoique naturellement vertueuse :
& voilà pourquoi le mariage seroit une très-mau-
vaise condition pour moi. Une ame tendre est dou-
ce ; elle a des sentimens, elle en demande ; elle
a besoin d'être aimée, parce qu'elle aime : & une
ame de cette espece-là entre les mains d'un Mari,
n'a jamais son nécessaire.

LISETTE.

Oh ! dame, ce nécessaire-là est d'une grande dé-
pense, & le cœur d'un Mari s'épuise.

LUCILE.

Je les connois un peu, ces Messieurs-là ; je remarque que les hommes ne sont bons qu'en qualité
d'Amans ; c'est la plus jolie chose du monde que
leur cœur, quand l'esperance les tient en haleine ;
soumis, respectueux & galans, pour le peu que
vous soyiez aimable avec eux, votre amour propre
est enchanté, il est servi delicieusement, on le raffa-

A iij

fie de plaifirs : folie, fierté, dédain, caprices, impertinences, tout nous réuffit, tout eft raifon, tout
eft loi : on regne, on tyrannife, & nos Idolâtres
font toûjours à genoux. Mais les époufez-vous ? la
Déeffe s'humanife-t-elle ? leur idolâtrie finit où nos
bontés commencent. Dès qu'ils font heureux, les
ingrats ne méritent plus de l'être.

LISETTE.

Les voilà.

LUCILE.

Oh ! pour moi, j'y mettrai bon ordre, & le per-
fonnage de Déeffe ne m'enauyera pas, Meffieurs, je
vous affure. Comment donc ? toute jeune & toute
aimable que je fuis, je n'en aurois pas pour fix mois
aux yeux d'un Mary, & mon vifage feroit mis au re-
but ? de dix-huit ans qu'il a, il fauteroit tout d'un
coup à cinquante ? Non pas, s'il vous plaît ; ce feroit
un meurtre ; il ne vieillira qu'avec le tems, & n'enlai-
dira qu'à force de durer : je veux qu'il n'appartienne
qu'à moi, que perfonne n'ait que voir à ce que j'en
ferai, qu'il ne releve que de moi feul. Si j'étois
mariée, ce ne feroit plus mon vifage, il feroit à
mon Mari qui le laifferoit là, à qui il ne plairoit
pas, & qui lui défendroit de plaire à d'autres : j'aimerois autant n'en point avoir. Non, non, Lifette,
je n'ai point envie d'être Coquette, mais il y a des
momens où le cœur vous en dit, & où l'on eft bien
aife d'avoir les yeux libres : ainfi, plus de difcuffion,
va porter ma Lettre à Damis, & fe range qui voudra fous le joug du mariage.

LISETTE.

Ah ! Madame, que vous me charmez ! Que vous
êtes une Déeffe raifonnable ! Allons, je ne vous
dis plus mot ; ne vous mariez point, ma Divinité
fubalterne vous approuve, & fera de même : Mais
de cette Lettre que je vais porter, en efperez-vous
beaucoup ?

LUCILE.

Je marque mes diſpoſitions à Damis, je le prie
de les ſervir; je lui indique les moyens qu'il faut
prendre pour diſſuader ſon Pere & le mien de nous
marier, & ſi Damis eſt auſſi galant homme qu'on
le dit, je compte l'affaire rompuë.

SCENE III.

LUCILE, LISETTE, FRONTAIN.

Un Valet de la Maiſon entre.

LE VALET.

MAdame, voici un Domeſtique qui demande
à vous parler,

LUCILE.

Qu'il vienne.

FRONTAIN *entre.*

Madame, cette fille-ci eſt-elle diſcrette?

LISETTE.

Tenez, cet animal qui débute par me dire une
injure.

FRONTAIN.

J'ai l'honneur d'appartenir à Monſieur Damis,
qui me charge d'avoir celui de vous faire la révé-
rence.

LISETTE.

Vous avez eu le tems d'en faire quatre : allons,
finiſſez.

LUCILE.

Laiſſe-le achever. De quoi s'agit-il?

FRONTAIN.

Ne la gênez point, Madame, je ne l'écoute
pas.

LUCILE.

Voyons, que me veut ton Maître?

FRONTAIN.

Il vous demande, Madame, un moment d'entretien avant que de paroître ici tantôt avec son Pere; & j'ose vous assûrer que cet entretien est né-cessaire.

LUCILE *à part, à Lisette.*

Me conseilles-tu de le voir, Lisette?

LISETTE.

Attendez, Madame, que j'interroge un peu ce Harangueur: Dites-nous, Monsieur le Personnage, vous qui jugez cet entretien si important, vous en sçavez donc le sujet?

FRONTAIN.

Mon Maître ne me cache rien de ce qu'il pense.

LISETTE.

Hum! à voir le confident, je n'ai pas grande opinion des pensées: venez-çà pourtant; de quoi est-il question?

FRONTAIN.

D'une réponse que j'attens.

LISETTE.

Veux-tu parler?

FRONTAIN.

Je suis homme, & je me tais; je vous défie d'en faire autant.

LUCILE.

Laisse-le, puisqu'il ne veut rien dire. Va, ton Maître n'a qu'à venir.

FRONTAIN.

Il est à vous sur le champ, Madame, il m'attend dans une des allées du Bois.

LISETTE.

Allons, pars.

FRONTAIN.

Ma mie, vous ne m'arrêterez pas.

SCENE IV.

LUCILE, LISETTE.

LISETTE.

QUe ne m'avez vous dit de luy donner votre Lettre, elle vous eût difpenfée de voir fon Maitre.

LUCILE.

Je n'ai point deſſein de le voir non plus, mais il faut ſçavoir ce qu'il me veut, & voici mon idée; Damis va venir, & tu n'as qu'à l'attendre, pendant que je vais me retirer dans ce Cabinet, d'où j'entendrai tout. Dis-lui qu'en y faifant reflexion, j'ai crû que dans cette occaſion-cy, je ne devois point me montrer, & que je le prie de s'ouvrir à toi fur ce qu'il a à me dire, & s'il refufe de parler en marquant quelque empreſſement pour me voir, finis la converfation en lui donnant ma Lettre.

LISETTE.

J'entends quelqu'un, cachez-vous, Madame;

SCENE V.

LISETTE. DAMIS.

LISETTE.

C'Eſt Damis.....morbleu qu'il eſt bien fait; allons, le Diable nous amene-là une tentation bien conditionnée ... C'eſt fans doute ma Maitreffe que vous cherchez, Monfieur,

DAMIS.

C'eſt elle-même , & l'on m'avoit dit que je la trouverois ici.

LISETTE.

Il eſt vrai , Monſieur , mais elle a crû devoir ſe retirer , & m'a chargée de vous prier de ſa part, de me conſier ce que vous voulez lui dire.

DAMIS.

Eh , pourquoi m'évite-elle ? Eſt-ce que le mariage dont il s'agit ne lui plaiṭ pas ?

LISETTE.

Mais , Monſieur , il eſt bien hardi de ſe marier ſi vite.

DAMIS.

Oh , très-hardi.

LISETTE.

Je vois bien que Monſieur penſe judicieuſement.

DAMIS.

On ne ſçauroit donc la voir ?

LISETTE.

Excuſez-moi, Monſieur , la voilà , c'eſt la même choſe , je la repreſente.

DAMIS.

Soit, j'en ferai même plus libre à vous dire mes ſentimens, & vous me paroiſſez fille d'eſprit.

LISETTE.

Vous avez l'air de vous y connoître trop bien pour que j'en appelle.

DAMIS.

Venons à ce qui m'amene ; mon Pere que je ne puis me reſoudre de fâcher , parce qu'il m'aime beaucoup ....

LISETTE.

Fort bien , votre hiſtoire commence comme la nôtre.

DAMIS.

A ſouhaité le mariage qu'on veut faire entre votre Maîtreſſe & moi.

LISETTE.

Ce début-là me plaît.

DAMIS.

Attendez jusqu'au bout ; j'étois donc à mon Regiment, quand mon Pere m'a écrit ce qu'il avoit projetté avec celui de Lucile ; c'est, je pense, le nom de la prétenduë future.

LISETTE.

La prétenduë, toûjours à merveille.

DAMIS.

Il m'en faisoit un portrait charmant.

LISETTE.

Style ordinaire.

DAMIS.

Cela se peut bien, mais elle est dans sa Lettre la plus aimable personne du monde.

LISETTE.

Souvenez-vous que je represente l'original, & que je serai obligée de rougir pour lui.

DAMIS.

Mon Pere ensuite, me presse de venir, me dit que je ne sçaurois, sur la fin de ses jours, lui donner de plus grande consolation qu'en épousant Lucile, qu'il est ami intime de son Pere, que d'ailleurs elle est riche, & que je lui aurai une obligation éternelle du parti qu'il me procure ; & qu'enfin, dans trois ou quatre jours, ils vont son Ami, sa Famille & lui, m'attendre à leurs Maisons de Campagne qui sont voisines, & où je ne manquerai pas de me rendre à mon retour à Paris.

LISETTE.

Eh bien ?

DAMIS.

Moi qui ne sçaurois rien refuser à un Pere si tendre, j'arrive, & me voilà.

LISETTE.

Pour épouser ?

DAMIS.

Ma foi non, s'il est possible ?

Ici Lucile sort à moitié du Cabinet.

LISETTE.

Quoi, tout de bon.

DAMIS.

Je parle très-serieusement ; & comme on dit
que Lucile est un esprit raisonnable , & que je lui
dois être fort indifferent , j'avois dessein de lui
ouvrir mon cœur afin de me tirer de cette avan-
ture-ci.

LISETTE *riant*

Eh quel motif avez-vous pour cela ; est-ce que
vous aimez ailleurs ?

DAMIS.

N'y a -t'il que ce motif -là qui soit bon ? je crois
en avoir d'aussi sensés ; c'est qu'en verité je ne suis
pas d'un âge à me lier d'un engagement aussi sé-
rieux ; c'est qu'il me fait peur, que je sens qu'il
borneroit ma fortune, & que j'aime à vivre sans
géne, avec une liberté dont je sçais tout le prix ,
& qui m'est plus necessaire qu'à un autre , de l'humeur dont je suis.

LISETTE.

Il n'y a pas le petit mot à dire à cela.

DAMIS.

Dans le mariage , pour bien vivre ensemble , il
faut que la volonté d'un Mary s'accorde avec celle
de sa Femme , & cela est difficile ; car de ces deux
volontés là, il y en a toûjours une qui va de travers , & c'est assez la maniere d'aller des volontés
d'une Femme , à ce que j'entends dire. Je demande pardon à votre Sexe de ce que je dis-là;
il peut y avoir des exceptions : mais elles sont
rares ; & je n'ai point de bonheur.

Lucile regarde toûjours.

LISETTE.

Que vous étes aimable d'avoir si mauvaise

opinion de votre esprit!
DAMIS
Mais vous qui riez, est-ce que mes dispositions
vous conviennent?
LISETTE.
Je vous dis que vous êtes un homme admira-
ble.
DAMIS.
Sérieusement?
LISETTE.
Un homme sans prix.
DAMIS.
Ma foi, vous me charmez.

Lucile continuë de regarder.
LISETTE.
Vous nous rachetez; nous vous dispensons même de la bonté que vous avez de supposer quelques exceptions favorables parmi nous.
DAMIS.
Oh, je n'en suis pas la dupe, je n'y crois pas
moi-même.
LISETTE.
Que le Ciel vous le rende; mais peut-on se
fier à ce que vous dites-là, cela est il sans retour?
je vous avertis que ma Maîtresse est aimable.
DAMIS.
Et moi je vous avertis que je ne m'en soucie
gueres: Je suis à l'épreuve, je ne crois pas votre
Maîtresse plus redoutable que tout ce que j'ai vû,
sans lui faire tort; & je suis sûr que ses yeux seront
d'aussi bonne composition que ceux des autres.

Lucile regarde.
LISETTE.
Morbleu, n'allez pas nous manquer de parole.
DAMIS.
Si je n'avois pas peur d'être ridicule, je vous
recommanderois pour vous piquer, de ne m'en
pas manquer vous-même.

LISETTE.

Tenez ; votre départ sera de toutes vos graces ;
celle qui nous touchera le plus , êtes-vous content ?

DAMIS.

Vous me rendrez justice ; de mon côté , je défie
vos appas , & je vous réponds de mon cœur.

SCENE VI.

LUCILE *sortant promptement du Cabinet ;*
DAMIS, LISETTE.

LUCILE.

ET moi du mien , Monsieur, je vous le promets, car je puis hardiment me montrer après
ce que vous venez de dire ; allons , Monsieur , le
plus fort est fait , nous n'avons à nous craindre ni
l'un ni l'autre , vous ne vous souciez point de moi,
je ne me soucie point de vous , car je m'explique
sur le même ton, & nous voilà fort à notre aise ; ainsi
convenons de nos faits : mettez-moi l'esprit en repos,
comment nous y prendrons-nous ? j'ai une Sœur
qui peut plaire , affectez plus de goût pour elle
que pour moi ; peut-être cela vous sera-t'il plus
aisé , & vous continuërez toûjours. Ce moyen
là vous convient-il ? vaut-il mieux nous plaindre
d'un éloignement reciproque ? ce sera comme vous
voudrez ; vous sçavez mon secret, vous êtes un
honnête homme, expedions.

LISETTE.

Nous ne barguignons point, comme vous voyez ;
nous allons rondement : faites-vous de même ?

LUCILE.

Qu'est-ce que c'est que cette saillie là qui me

compromet ?.. Faites-vous de même... Voulez-
vous divertir, Monsieur, à mes dépens ?
DAMIS.
Je trouve sa question raisonnable, Madame.
LUCILE.
Et moi, Monsieur, je la declare impertinente ;
mais c'est une étourdie qui parle.
DAMIS.
Votre apparition me déconcerte, je l'avoüe ; je
me suis expliqué d'une maniere si libre en parlant
de personnes aimables, & sur tout de vous, Madame.
LUCILE.
De moi, Monsieur ? Vous m'étonnez ; je ne sçache pas que vous ayiez rien à vous reprocher :
Quoi donc, seroit-ce d'avoir promis que je ne vous
paroitrois pas redoutable ? hé tant mieux ; c'est
m'avoir fait votre cour que cela. Comment donc,
est-ce que vous croyez ma vanité attaquée ? Non
Monsieur, elle ne l'est point : Supposez que j'en
aye, que vous me trouviez redoutable ou non,
qu'est-ce que cela dit ? le goût d'un homme seul
ne décide rien là-dessus ; & de quelque façon qu'il
se trouve, on n'en vaut ni plus ni moins, les
agrémens n'y perdent ni n'y gagnent, cela ne signifie rien ; ainsi, Monsieur, point d'excuse ; au
reste, pourtant, si vous en voulez faire, si votre
politesse a quelque remord qui la gêne, qu'à cela
ne tienne, vous êtes bien le maître.
DAMIS.
Je ne doute pas, Madame, que tout ce que
je pourrois vous dire ne vous soit indifferent ; mais
n'importe j'ai mal parlé, & je me condamne très-
serieusement.
LUCILE *riant.*
Eh bien soit ; allons, Monsieur, vous vous
condamnez, j'y consens. Votre prétenduë future
vaut mieux que tout ce que vous avez vû jus-

qu'ici, il n'y a pas de comparaison, je l'emporte ;
n'est-t'il pas vrai que cela va là ? car je me ferai
sans façon, moi, tous les complimens qu'il vous
plaira, ce n'est pas la peine de me les plaindre, ils
ne font pas rares, & l'on en donne à qui en veut.

D A M I S.

Il ne s'agit pas de complimens, Madame, vous
êtes bien au-dessus de cela, & il seroit difficile
de vous en faire.

L U C I L E.

Celui-là est très fin par exemple, & vous aviez
raison de ne le vouloir pas perdre : mais restons en
là je vous prie ; car à la fin tant de politesses me
supposeroient un amour propre ridicule ; & ce seroit une étrange chose qu'il fallût me demander
pardon de ce qu'on ne m'aime point ; en vérité, l'i-
dée seroit comique ; ce seroit en m'aimant qu'on
m'embarrasseroit : mais grace au Ciel il n'en est
rien, heureusement mes yeux se trouvent pacifiques, ils aplaudissent à votre indifference, ils se la
promettoient, c'est une obligation que je vous ai,
& la seule de votre part qui pouvoit m'épargner
une ingratitude ; vous m'entendez, vous avez eu
quelque peur des dispositions que je pouvois avoir,
mais soyez tranquile, je me sauve, Monsieur, je
vous échape, j'ai vû le peril, & il n'y paroit pas.

D A M I S.

Ah ! Madame, oubliez un discours que je n'ai
tenu tantôt qu'en plaisantant ; je suis de tous les
hommes celui à qui il est le moins permis d'être
vain, & vous de toutes les Dames celle avec
qui il seroit le plus impossible de l'être ; vous êtes
d'une figure qui ne permet ce sentiment là à personne ; & si je l'avois, je serois trop méprisable.

L I S E T T E.

Ma foi, si vous le prenez sur ce ton là tous
deux, vous ne tenez rien : je n'aime point ce ver-
biage là ; ces yeux pacifiques, ces apostrophes
galantes

galantes à la figure de Madame , & puis des va-
nitez, des excuses, où cela va-t'il ? ce n'est pas
là votre chemin , prenez garde que le diable ne
vous écarte : tenez, vous ne voulez point vous
épouser, abregeons ;& tout à l'heure entre mes
mains,cimentez vos résolutions d'une nouvelle pro-
messe de ne vous appartenir jamais ; allons , Madame, commencez pour le bon exemple , & pour
l'honneur de votre sexe.

L U C I L E.

La belle idée qu'il vous vient là ! le bel expedient, que je commence ! comme si tout ne dé-
pendoit pas de Monsieur, & que ce ne fut pas
à luy à garantir ma résolution par la sienne. Est-
ce que s'il vouloit mépouser , qu'il n'en viendroit
pas à bout par le moyen de mon pere à qui il
faudroit obéir ? C'est donc sa résolution qui importe, & non pas la mienne que je serois en pure
perte.

L I S E T T E.

Elle a raison , Monsieur , c'est votre parole
qui regle tout, partez.

D A M I S.

Moi commencer ! cela ne me siéroit point , ce
seroit violer les devoirs d'un galant homme ; &
je ne perdrai point le respect , s'il vous plaist.

L I S E T T E.

Vous l'épouserez donc par respect , car ce n'est
que du galimatias que toutes ces raisons là ; j'en
reviens à vous , Madame.

L U C I L E.

Et moi je m'en tiens à ce que j'ai dit , car il
ny a point de réplique : mais que Monsieur s'explique, qu'on sçache ses intentions sur la difficulté qu'il fait ; est-ce respect, est-ce égard, est-ce
badinage, est-ce tout ce qu'il vous plaira ? qu'il
se détermine : il faut parler naturellement dans
la vie.

LISETTE.

Monsieur vous dit qu'il est trop poli pour être
naturel.

DAMIS.

Il est vrai que je n'ose m'expliquer.

LISETTE.

Il vous attend.

LUCILE *brusquement.*

Eh bien ! terminons donc, s'il ny a que cela
qui vous arrête, Monsieur ; voici mes sentimens :
je ne veux point être mariée, & je n'en eus jamais moins d'envie que dans cette occasion cy ;
ce discours est net , & sousentend tout ce que
la bienséance veut que je vous épargne. Vous
passez pour un homme d'honneur, Monsieur ; on
fait l'éloge de votre caractere , & c'est aux soins
que vous vous donnerez pour me tirer de cette
affaire-cy, c'est aux services que vous me rendrez là-dessus, que je reconnoitrai la verité de tout
ce qu'on m'a dit de vous ; ajoûterai-je encore une
chose , je puis avoir le cœur prevenu ; je pense
qu'en voilà assez , Monsieur , & que ce que je
dis là , vaut bien un serment de ne vous épouser
jamais ; serment que je fais pourtant si vous le
trouvez necessaire ; cela suffit-t'il ?

DAMIS.

Eh ! Madame, c'en est fait, & vous n'avez rien
à craindre. Je ne suis point de caractere à perse-
cuter les dispositions où je vous vois ; elles ex-
cluënt notre mariage ; & quand ma vie en dé-
pendroit ; quand mon cœur vous regreteroit, ce
qui ne seroit pas difficile à croire, je vous sacrifierois & mon cœur & ma vie, & vous les sacrifierois sans vous le dire ; c'est à quoi je m'engage, non par des sermens qui ne signifieroient
rien , & que je fais pourtant comme vous , si
vous les exigez ; mais parce que votre cœur,
parce que la raison, mon honneur & ma probité

dont vous l'exigez, le veulent ; & comme il faudra nous voir & que je ne sçaurois partir ny vous quitter sur le champ, si pendant le tems que nous nous verrons, il m'alloit par hasard échaper quelque discours qui pût vous allarmer, je vous conjure d'avance de ny rien voir contre ma parole, & de ne l'attribuer qu'à l'impossibilité qu'il y auroit de n'être pas galant avec ce qui vous ressemble. Cela dit, je ne vous demande plus qu'une grace ; c'est de m'aider à vous débarrasser de moy, & de vouloir bien que je n'essuye point tout seul les reproches de nos parens : il est juste que nous les partagions, vous les meritez encore plus que moi. Vous craignez plus l'époux que le mariage, & moy je ne craignois que le dernier. Adieu, Madame, il me tarde de vous montrer que je suis du moins digne de quelque estime ?

[*il se retire.*]

L I S E T T E.

Mais vous vous en allez, sans prendre de mesures.

D A M I S.

Madame m'a dit qu'elle avoit une sœur à qui je puis feindre de m'attacher ; c'est deja un moyen d'indiqué.

L U C I L E, *triste.*

Et d'ailleurs nous aurons le tems de vous revoir. Suivez, Monsieur, Lisette, puisqu'il s'en va, & voyez si personne ne regarde.

D A M I S, *à part en sortant.*

Je suis au desespoir !

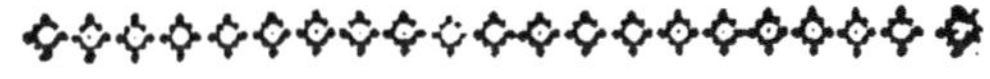

SCENE VII.

LUCILE *seule.*

AH ! il faut que je soupire ; & ce ne sera pas pour la derniere fois. Quelle avanture pour mon cœur ! Cette miserable Lisette, où a-t-elle été imaginer tout ce qu'elle vient de nous faire dire ?

Fin du premier Acte.

ACTE II.

SCENE PREMIERE.

M. ORGON, LISETTE.

M. ORGON, *comme déja parlant.*

JE ne le vante point plus qu'il ne vaut ; mais je crois qu'en fait d'esprit & de figure, on auroit de la peine à trouver mieux que Damis : à l'égard des qualités du cœur & du caractere, l'éloge qu'on en fait est general, & sa physionomie dit qu'il le merite.

LISETTE.

C'est mon avis.

M. ORGON.

Mais ma fille pense-t-elle comme nous ? C'est pour le sçavoir que je te parle.

LISETTE.

En doutez-vous, Monsieur ? Vous la connoissez. Est-ce que le merite lui échape ? Elle tient de vous premierement.

M. ORGON.

Il faut pourtant bien qu'elle n'ait pas fait grand accueil à Damis, & qu'il ait remarqué de la froideur dans ses manieres.

LISETTE.

Il les a vûes temperées, mais jamais froides.

M. ORGON.

Qu'est-ce que c'est que temperées ?

LISETTE.

C'est comme qui diroit... entre le froid & le chaud.

M. ORGON.

D'où vient donc qu'on voit Damis parler plus volontiers à sa sœur?

LISETTE.

C'est Damis, par exemple, qui a la clef de ce secret-là.

M. ORGON.

Je crois l'avoir aussi moi; c'est aparemment qu'il voit que Lucile a de l'éloignement pour lui.

LISETTE.

Je crois avoir à mon tour la clef d'un autre secret : je pense que Lucile ne traite froidement Damis, que parce qu'il n'a pas d'empressement pour elle.

M. ORGON.

Il ne s'éloigne que parce qu'il est mal reçû.

LISETTE.

Mais, Monsieur, s'il n'étoit mal reçû que parce qu'il s'éloigne?

M. ORGON,

Qu'est-ce que c'est que ce jeu de mots-là? Parle-moi naturellement : ma fille te dit ce qu'elle pense. Est-ce que Damis ne lui convient pas? Car enfin il se plaint de l'accueil de Lucile.

LISETTE.

Il se plaint, dites-vous! Monsieur, c'est un fripon sur ma parole; je lui soûtiens qu'il a tort : il sçait bien qu'il ne nous aime point.

M. ORGON.

Il assure le contraire.

LISETTE.

Eh! où est-il donc, cet amour qu'il a? Nous avons regardé dans ses yeux, il n'y a rien; dans ses paroles, elles ne disent mot; dans le son de sa voix, rien ne marque; dans ses procedés, rien ne sort; de mouvemens de cœur, il n'en perce au-

cun. Notre vanité qui a des yeux de Linx a fureté
par·tout ; & puis Monfieur viendra dire qu'il a de
l'amour, à nous qui devinons qu'on nous aimera
avant qu'on nous aime ; qui avons des nouvelles
du cœur d'un amant avant qu'il en ait lui-même. Il
nous fait-là de beaux contes, avec fon amour im-
perceptible.

M. ORGON.

Il y a là-dedans quelque chofe que je ne com-
prens pas. N'eft-ce pas-là fon Valet : apparemment qu'il te cherche.

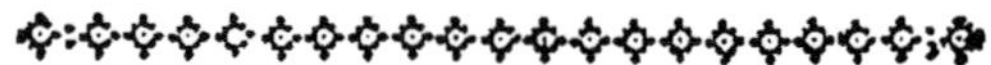

S C E N E II.

M. ORGON, LISETTE, FRONTAIN.

M. ORGON *à Frontain qui fe retire*

APproches, approches ; pourquoi t'enfuis-tu ?

FRONTAIN.

Monfieur, c'eft que nous ne fommes pas extrémement camarades.

M. ORGON.

Viens toûjours, à cela près.

FRONTAIN.

Serieufement, Monfieur?

M. ORGON.

Viens, te dis-je.

FRONTAIN.

Ma foi, Monfieur, comme vous voudrez : on
m'a quelquefois dit que ma converfation en valoit
bien une autre ; & j'y mettrai tout ce que j'ai de
meilleur : Où en êtes-vous? La Bourgogne, dit-
on, a donné beaucoup cette année-ci ; cela fait
plaifir. On dit que les Turcs à Conftantinople.

M. ORGON.

Alte-là , laissons Constantinople.

LISETTE.

Il en sortiroit aussi legerement que de Bourgogne.

FRONTAIN.

Je vous menois en Champagne un instant après ;
j'aime les Pays de Vignoble, moi.

M. ORGON.

Point d'écart, Frontain, parlons un peu de votre Maître. Dites-moi confidemment, que pense-
t-il sur le Mariage en question : son cœur est-il d'accord avec nos desseins ?

FRONTAIN.

Ah ! Monsieur , vous me parlez-là d'un cœur
qui mene une triste vie ; plus je vous regarde , &
plus je m'y perds. Je vois des cruautés dans vos
enfans qu'on ne devineroit pas à la douceur de votre visage.   *Lisette hausse les épaules*

M. ORGON.

Que veux-tu dire avec tes cruautés ; de qui par-
les-tu ?

FRONTAIN.

De mon Maître, & des peines secrettes qu'il
souffre de la part de Mademoiselle votre fille.

LISETTE.

Cet effronté qui vous fait un Roman ! Qu'a-t-
on fait à ton Maître, dis ? Où sont les chagrins
qu'on a eu le tems de lui donner ? Que nous a-t-il
dit jusqu'ici ? Que voit-on de lui que des révéren-
ces ? Est-ce en fuyant que l'on dit qu'on aime ?
Quand on a de l'amour pour une sœur aînée, est-
ce à sa sœur cadette à qui on va le dire ?

FRONTAIN,

Ne trouvez-vous pas cette fille-là bien revêche,
Monsieur ?

M. ORGON

Tais-toi, en voilà assez ; tout ce que j'entens
me

me fait juger qu'il n'y a peut-être que du mal entendu dans cette affaire-ci. Quant à ma fille, dites-lui, Lisette, que je serois très-fâché d'avoir à
me plaindre d'elle : c'est sur sa parole que j'ai fait
venir Damis & son pere : depuis qu'elle a vû le fils
il ne lui déplait pas, à ce qu'elle dit ; cependant
ils se fuient, & je veux sçavoir qui des deux a tort;
car il faut que cela finisse.   *Il s'en va.*

SCENE III.

FRONTAIN, LISETTE *se regardant
quelque tems.*

LISETTE.

DEmandez-moi pourquoi ce faquin-là me regarde tant !

FRONTAIN *chante.*

La la ra la ra

LISETTE.

La la ra ra.

FRONTAIN.

Oui da, il y a de la voix, mais point de mé-
thode.

LISETTE.

Va-t-en; qu'est-ce que tu fais ici ?

FRONTAIN.

J'étudie tes sentimens sur mon compte.

LISETTE.

Je pense que tu n'es qu'un sot; voilà tes études
faites. Adieu. *Elle veut s'en aller.*

FRONTAIN *l'arréte.*

Attens, attens, j'ai à te parler sur nos affaires.
Tu m'as la mine d'avoir le goût fin; j'ai peur de te
plaire; & nous voici dans un cas qui ne le veut
point.

LISETTE.

Toi, me plaire! Il faut donc que tu n'ayes jamais rencontré ta grimace nulle part, puiſque tu
le crains. Allons, parles, voyons ce que tu as à
me dire : hâte-toi, ſinon je t'apprendrai ce que
valent mes yeux, moi.

FRONTAIN.

Ahi! j'ai la moitié du cœur emporté de ce coup
d'œil-là. Bon quartier, ma fille, je t'en conjure;
ménageons-nous, nos interêts le veulent ; je ne
ſuis reſté que pour te le dire.

LISETTE.

Acheves : de quoi s'agit-il?

FRONTAIN.

Tu me parois être le mieux du monde avec ta
Maîtreſſe.

LISETTE.

C'eſt moi qui ſuis la ſienne ; je la gouverne.

FRONTAIN.

Bon, les Rangs ne ſont pas mieux obſervés entre mon Maître & moi; ſuppoſons à preſent que
ta Maîtreſſe ſe marie.

LISETTE.

Mon autorité expire, & le mari me ſuccede.

FRONTAIN.

Si mon Maître prenoit femme, c'eſt un Menage
qui tombe en quenoüille ; nous avons donc interêt qu'ils gardent tous deux le Célibat.

LISETTE.

Auſſi ai-je défendu à ma Maîtreſſe d'en ſortir ;
& heureuſement ſon obéiſſance ne lui coûte rien

FRONTAIN.

Ta Pupille eſt d'un caractere rare : Pour mon
jeune homme, il hait naturellement le nœud Con-
jugal, & je lui laiſſe la vie de garçon ; ces Meſ-
ſieurs-là ſe ſauvent, le pays eſt bon pour les
Maraudeurs. Or, il s'agit de conſerver nos poſtes ;
les peres de nos jeunes gens ſont attaqués de vieil-

lesse, maladie incurable & qui menace de faire
bien-tôt des orphelins ; ces orphelins-là nous reviennent, ils tombent dans notre lot; ils sont d'âge
à entrer dans leurs droits , & leurs droits nous
mettront dans les nôtres : Tu m'entens-bien?

LISETTE.

Je suis au fait, il ne faut pas que ce que tu
dis soit plus clair.

FRONTAIN.

Nous reglerons fort-bien chacun notre Ménage.

LISETTE.

Oüi-da, c'est un embarras qu'on prend volontiers
quand on aime le bien d'un Maitre.

FRONTAIN.

Si nous nous aimions tous deux , nous n'écarte-
rions plus l'amour que nos orphelins pourroient
prendre l'un pour l'autre ; ils se marieroient, &
adieu nos droits.

LISETTE.

Tu as raison, Frontain, il ne faut pas nous
aimer.

FRONTAIN.

Tu ne dis pas cela d'un ton ferme.

LISETTE.

Eh , c'est que la nécessité de nous haïr gâte
tout.

FRONTAIN.

Ma fille , broüillons-nous ensemble.

LISETTE.

Les Parties meditées ne réüssissent jamais.

FRONTAIN.

Tiens, disons-nous quelques injures pour mettre
un peu de rancune entre l'Amour & nous : Je
te trouve laide, par exemple ; hé bien, tu ne souf-
fles pas?

LISETTE *riant.*

- Bon, c'est que tu n'en crois rien.

FRONTAIN.

Quoy ! vous pensez ma Mie . . . . . . Morbleu ;
détournes ton visage, il fait peur à mes injures.

LISETTE.

Je ne sçai plus ce que sont devenuës toutes les
laideurs du tien.

FRONTAIN.

Nous nous ruinons, ma fille.

LISETTE.

Allons, r'animons-nous, voilà qui est fini :
Tiens, je ne sçaurois te souffrir.

FRONTAIN.

Quelqu'un vient, je n'ai pas le tems de m'ac-
quitter ; mais vous n'y perdrez rien, petite fille.

❖❖❖❖❖❖❖❖❖❖❖ ❖ ❖❖❖❖❖❖❖❖❖

SCENE IV.

LISETTE, FRONTAIN, PHENICE.

PHENICE.

JE suis bien-aise de vous trouver-là, Frontain,
sur tout avec Lisette, qui rendra compte à ma
Sœur de ce que je vais vous dire ; voici plusieurs
fois dans ce jour que j'evite Damis, qui s'obstine
à me suivre, à me parler, tout destiné qu'il est
à ma sœur ; qui & comme il ne se corrige point
malgré tout ce que je lui ai pû dire ; je suis charmée qu'on sçache mes sentimens là-dessus, &
Lisette me fera témoin que je vous charge de
lui rapporter ce que vous venez d'entendre, &
que je le prie nettement de me laisser en repos.

FRONTAIN.

Non, Madame, je ne sçaurois ; votre commission n'est pas faisable ; je ne rapporte jamais
rien que de gracieux à mon Maître ; & d'ailleurs,
il n'est pas possible que le plus galant homme

de la terre ait pû vous ennuyer.

LISETTE.

Le plus galant homme de la terre me paroît admirable à moy : On lui deſtine tout ce qu'il y a de plus aimable dans le monde, & M' n'eſt pas content ; apparemment qu'il n'y voit goûte.

PHENICE.

Qu'eſt-ce que cela veut dire, il n'y voit goûte ? Doucement Liſette ; perſonne n'eſt plus aimable que ma Sœur ; mais que je la vaille ou non, ce n'eſt pas à vous à en décider.

LISETTE.

Je n'attaque perſonne, Madame ; mais qu'un homme quitte ma Maitreſſe, & faſſe un autre choix, il n'y pas à le marchander, c'eſt un homme ſans goût ; ce ſont de ces choſes décidées depuis qu'il y a des hommes : Oüi ſans goût, & je n'aurois qu'un moment à vivre, qu'il faudroit que je l'employaſſe à me moquer de lui ; je ne pourrois pas m'en paſſer ; ſans goût.

PHENICE.

Je ne m'arrêtois pas ici pour lier converſation avec vous ; mais en quoy, s'il vous plaît, ſeroit-il ſi digne d'être moqué ?

LISETTE.

Ma réponſe eſt ſur le viſage de ma Maitreſſe.

FRONTAIN.

Si celui de Madame vouloit s'aider, vous ne brilleriez gueres.

PHENICE *s'en allant.*

Vos diſcours ſont impertinens, Liſette, & l'on m'en fera raiſon.

SCENE. V.

LISETTE, FRONTAIN, [*un moment seuls*]
LUCILE.

FRONTAIN *en riant*

NOUS lui avons donné-là une bonne petite
dose d'émulation ; continuons, ma fille, le
feu prend par tout, & le Mariage s'en ira en fu-
mée : Adieu, je me retire, voila ta Maitresse qui
accourt, confirme-la dans ses dégoûts [*Il s'en va*]

LUCILE.

Que se passe-t'il donc ici, vous parliez bien
haut avec ma Sœur, & je l'ai vû de loin comme
en colere; d'un autre côté, mon pere ne me parle
point : Qu'avez-vous donc fait ? D'où cela vient-il ?

LISETTE.

Rejoüissez-vous, Madame, nous vous débarasse-
rons de Damis.

LUCILE.

Fort-bien, je gage que ce que vous dites-là me
pronostique quelque coup d'étourdie.

LISETTE.

Ne craignez rien, vous ne demandez qu'un
pretexte legitime pour le refuser, n'est-il pas vray ?
Hé bien, j'ai travaillé à vous en donner un ; &
j'ai si bien fait que votre Sœur est actuellement
éprise de lui; ce qui nous produira quelque chose.

LUCILE.

Ma Sœur actuellement éprise de lui ? Je ne vois
pas trop à quoy ce moyen heteroclite peut m'être
bon : Ma Sœur éprise ? Et en vertu de quoi le se-
roit-elle ? Et d'où vient qu'il faut qu'elle le soit ?

LISETTE.

N'est-t'on pas convenu que Damis feroit la

sour à votre Sœur? Si avec cela elle vient à l'aimer, vous pouvez vous retirer sans qu'on ait le mot
à vous dire; je vous defie d'imaginer rien de plus
adroit : écoutez-moi.

LUCILE.

Supprimez l'éloge de votre adresse; point de
réponse qui aille à côté de ce qu'on vous demande :
Vous parlez de Damis, ne le quittez point; finissons ce sujet-là.

LISETTE.

J'acheve ; Frontain étoit avec moy ; votre
Sœur l'a vû, elle est venuë lui parler.

LUCILE.

Damis n'est point encore là, & je l'attens.

LISETTE.

De quelle humeur estes-vous donc aujourd'huy ;
Madame ?

LUCILE.

Bon, regalez-moy, pardessus le marché, d'une
reflexion sur mon humeur.

LISETTE.

Donnez-moy donc le tems de vous parler;
Frontain, lui a-t'elle dit, votre Maitre ne s'adresse
qu'à moy, quoyque destiné à ma Sœur; on
croit que j'y contribuë, cela me déplait, & je vous
charge de l'en instruire.

LUCILE.

Hé bien, que m'importe que ma Sœur ait une
vanité ridicule? Je la confondray quand il me
plaira.

LISETTE.

Gardez-vous en bien! j'en ai senti tout l'avan-
tage pour vous de cette vanité-là; je l'ai agacée,
je l'ai piquée d'honneur; mon ton vous auroit
rejouie.

LUCILE.

Point du tout, je le vois d'ici, passez.

LISETTE.

Damis est joli, de négliger ma Maitresse, ai-je
dit en riant.

LUCILE.

Lui, me négliger? Mais il ne me néglige point.
Où avez-vous pris cela? Il obéit à nos conventions,
cela est différent.

LISETTE.

Je le sçais bien, mais il faut cacher ce secret là ;
& j'ai continué sur le même ton. Le parti qu'il
prend est comique, ai-je ajouté. Qu'est-ce que
c'est que comique ? a repris votre Sœur. C'est du
divertissant, ai-je dit. Vous plaisantez, Lisette.
Je dis mon sentiment, Madame. Il est vrai que ma
Sœur est aimable, mais d'autres le sont aussi. Je ne
connois point ces autres-là, Madame. Vous me
choquez. Je n'y tâche point. Vous êtes une sotte.
J'ai de la peine à le croire. Taisez-vous. Je me tais.
Là-dessus elle est partie avec des appas revoltés,
qui se promettent bien de l'emporter sur les vôtres :
Qu'en dites-vous ?

LUCILE.

Ce que j'en dis ? que je vous ai mille obligations ;
que mon affront est complet ; que ma Sœur triomphe ; que j'entens d'ici les airs qu'elle se donne ;
qu'elle va me croire attaquée de la plus basse ja-
lousie du monde, & qu'on ne sçauroit être plus hu-
miliée que je le suis.

LISETTE.

Vous me surprenez ! n'avez-vous pas dit vous-
même à Damis, de paroître s'attacher à elle ?

LUCILE.

Vous confondez grossierement les idées, & dans
un petit génie comme le vôtre, cela est à la place.
Damis en feignant d'aimer ma Sœur, me donnoit
une raison toute naturelle de dire : je n'épouse point
un homme qui paroit en aimer une autre. Mais,
refuser d'épouser un homme, ce n'est pas être ja-

loufe de celle qu'il aime , entendez-vous ? cela
change d'efpece ; & c'eft cette diftinction-là qui
vous paffe; c'eft ce qui fait que je fuis trahie, que je
fuis la victime de votre petit efprit , que ma Sœur
eft devenuë fotte, & que je ne fçais plus où j'en
fuis ! Voilà tout le produit de votre zele ; voilà
comme on gâte tout quand on n'a point de tête. A
quoi m'expofez-vous ? il faudra donc que j'humilie
ma Sœur, à mon tour, avec fes appas révoltés ?

LISETTE

Vous ferez ce qu'il vous plaira : mais j'ai crû
que le plus fûr étoit d'engager votre Sœur à aimer
Damis, &, peut-être, Damis à l'aimer, afin que
vous euffiez raifon d'être fâchée, & de le refufer.

LUCILE.

Quoi ! vous ne fentez pas votre impertinence,
dans quelque fens que vous la preniez ? Eh , pourquoi voulez-vous que ma Sœur aime Damis? Pourquoi travailler à l'entêter d'un homme qui ne l'aimera point ? Vous a-t-on demandé cette perfidie-là
contre elle ? Eft-ce que je fuis affez fon ennemie
pour cela ? Eft-ce qu'elle eft la mienne ? Eft-ce que
je lui veux du mal ? Y a-t'il de cruauté pareille au
piége que vous lui tendez ? Vous faites le malheur
de fa vie, fi elle y tombe : Vous êtes donc méchante? Vous avez donc fuppofé que je l'étois? Vous me
pénétrez d'une vraye douleur pour elle ; je ne fçais
s'il ne faudra point l'avertir, car il n'y a point de jeu
dans cette affaire-ci. Damis lui-même, fera peut-
être forcé de l'époufer malgré lui, c'eft perdre deux
perfonnes à la fois : Ce font deux deftinées que je
rends funeftes ; c'eft un reproche éternel à me faire,
& je fuis défolée !

LISETTE.

Hé bien, Madame, ne vous allarmez point tant,
allez confolez-vous, car je crois que Damis l'aime,
& qu'il s'y livre de tout fon cœur.

LUCILE.

Oüi-da ! voilà ce que c'est ; parce que vous ne
sçavez plus que dire, les cœurs à donner ne vous
coûtent plus rien, vous en faites bon marché,
Lisette. Mais voyons, répondez-moi ; c'est votre
conscience que j'interroge : Si Damis avoit un parti
à prendre, doutez-vous qu'il ne me préferât pas à
ma Sœur ? Vous avez dû remarquer qu'il avoit
moins d'éloignement pour moi que pour elle, assûrément.

LISETTE.

Non, je n'ai point fait cette remarque là.

LUCILE.

Non ? Vous êtes donc aveugle, impertinente que
vous êtes ? Du moins mentez sans me manquer de
respect.

LISETTE.

Ce n'est pas que vous ne valiez mieux qu'elle ;
mais tous les jours on laisse le plus pour prendre le
moins.

LUCILE.

Tous les jours ? Vous êtes bien hardie de mettre
l'exception à la place de la regle generale.

LISETTE.

Oh ! il est inutile de tant crier ; je ne m'en mê-
lerai plus ; accommodez-vous : ce n'est pas moi
qu'on menace de marier, & vous n'avez qu'à dire
vos raisons à ceux qui viennent ; défendez-vous à
votre fantaisie.   [*Elle sort.*]

SCENE VI.

LUCILE *seule.*

Hᴇlas ! tu ne sçais pas ce que je souffre, ni tou-te la douleur & tout le penchant dont je suis agitée !

SCENE VII.

M. ORGON, M. ERGASTE, DAMIS, LUCILE.

M. ORGON.

Mᴀ fille, nous vous amenons, Monsieur Er-gaste & moi, quelqu'un, dont il faut que vous guérissiez l'esprit d'une erreur qui l'afflige : c'est Damis ; Vous sçavez nos desseins, vous y avez consenti, mais il croit vous déplaire ; & dans cette idée-là, à peine ose-t-il vous aborder.

M. ERGASTE.

Pour moi, Madame, malgré toute la joye que j'aurois d'un mariage qui doit m'unir de plus près à mon meilleur ami, je serois au désespoir qu'il s'a-chevât, s'il vous répugne.

LUCILE.

Jusqu'ici, Monsieur, je n'ai rien fait qui puisse donner cette pensée-là ; on ne m'a point vû de ré-pugnance.

DAMIS.

Il est vrai, Madame, j'ai crû voir que je ne vous convenois point.

LUCILE.

Peut-être aviez-vous envie de le voir.

DAMIS.

Moi, Madame, je n'aurois donc ni goût, ni raison.

M. ORGON.

Ne le disois-je pas ? dispute de délicatesse que tout cela ; rendez-vous plus de justice à tous deux. Monsieur Ergaste, les gens de notre âge effarouchent les éclaircissemens ; promenons-nous de notre côté : Pour vous, mes enfans, qui ne vous haïssez pas, je vous donne deux jours pour terminer vos débats, après quoi je vous marie ; & ce sera dès demain, si on me raisonne. [*Ils se retirent.*]

SCENE VIII.

LUCILE, DAMIS.

DAMIS.

DEs demain, si on me raisonne. Hé bien, Madame, dans ce qui vient de se passer, j'ai fait du mieux que j'ai pû ; j'ai tâché, dans mes réponses, de ménager vos dispositions & la bienséance : mais que pensez-vous de ce qu'ils disent ?

LUCILE.

Qu'effectivement ceci commence à devenir difficile.

DAMIS.

Très-difficile, au moins.

LUCILE.

Oüi, il en faut convenir, nous aurons de la peine à nous tirer d'affaire.

DAMIS.

Tant de peine, que je ne voudrois pas gager que nous nous en tirions.

LUCILE.

Comment ferons-nous donc?

DAMIS.

Ma foi, je n'en sçais rien.

LUCILE.

Vous n'en sçavez rien, Damis? voilà qui est à merveille; mais je vous avertis d'y songer pourtant, car je ne suis pas obligée d'avoir plus d'imagination que vous.

DAMIS.

Oh! parbleu, Madame, je ne vous en demande pas au-delà de ce que j'en ai non plus, cela ne seroit pas juste.

LUCILE.

Mais prenez donc garde; si nous en manquons l'un & l'autre, comme il y a toute apparence, je vous prie de me dire où cela nous conduira?

DAMIS.

Je dirai encore de même, je n'en sçais rien, & nous verrons.

LUCILE.

Le prenez-vous sur ce ton là, Monsieur? oh! j'en dirai bien autant: je n'en sçais rien, & nous verrons.

DAMIS.

Mais oüi, Madame, nous verrons; je n'y sçache que cela, moi; que puis-je répondre de mieux?

LUCILE.

Quelque chose de plus net, de plus positif, de plus clair: nous verrons ne signifie rien; nous verrons qu'on nous mariera, voilà ce que nous verrons; êtes-vous curieux de voir cela? car votre tranquillité m'enchante: d'où vous vient-elle? quoi? que voulez-vous dire? vous fiez-vous à ce que votre Pere & le mien voyent que leur projet ne vous plait pas? vous pourriez vous y tromper.

DAMIS.

Je m'y tromperois, sans difficulté, car ils ne

voyent point ce que vous dites-là.
LUCILE.
Ils ne le voyent point ?
DAMIS.
Non, Madame, ils ne sçauroient le voir ; cela
n'est pas possible ; il y a de certaines figures, de
certaines phisionomies qu'on ne sçauroit soupçonner d'être indifferentes. Qui est-ce qui croira que
je ne vous aime pas, par exemple ? personne. Nous
avons beau faire, il n'y a pas d'industrie qui puisse le
persuader.
LUCILE.
Cela est vrai, vous verrez que tout le monde est
aveugle. Cependant, Monsieur, comme il s'agit
ici d'affaires sérieuses, voudriez-vous bien suppri-
mer votre (qui est-ce qui croira) qui n'est pas de
mon goût, & qui a tout l'air d'une plaisanterie que
je ne mérite pas ? car, que signifient, je vous prie,
ces phisionomies qu'on ne sçauroit soupçonner d'ê-
tre indifferentes ? Eh ! que font elles donc ? Je vous
le demande. De quoi voulez-vous qu'on les soupçonne ? est-ce qu'il faut absolument qu'on les aime ?
est-ce que j'ai une de ces phisionomies-là, moi ?
Est-ce qu'on ne sçauroit s'empêcher de m'aimer
quand on me voit ? Vous vous trompez, Monsieur,
il en faut tout rabattre ; j'ai mille preuves du contraire, & je ne suis point de ce sentiment-là. Tenez, j'en suis aussi peu que vous qui vous divertissez à faire semblant d'en être ; & vous voyez ce
que deviennent ces sortes de sentimens quand on
les presse.
DAMIS.
Il vous est fort aisé de les réduire à rien, parce
que je vous laisse dire, & que moyennant quoi,
vous en faites ce qui vous plaît : mais je me tais,
Madame, je me tais.
LUCILE.
Je me tais, Madame, je me tais. Ne diroit-on

pas que vous y entendez fineſſe, avec votre ſérieux?
qu'eſt-ce que c'eſt que ces diſcours-là, que j'ai la
ſotte bonté de relever, & qui nous écartent ? Eſt-
ce que vous avez envie de vous dédire ?

DAMIS.

Ne vous ai-je pas dit, Madame, qu'il pourroit,
dans la converſation, m'échaper des choſes qui ne
dévoient point vous allarmer ? Soyez donc tran-
quille vous avez ma parole; que je tiendrai.

LUCILE.

Vous y êtes auſſi intereſſé que moi.

DAMIS.

C'eſt une autre affaire.

LUCILE.

Je crois que c'eſt la même.

DAMIS.

Non, Madame, toute differente : car enfin, je
pourrois vous aimer.

LUCILE.

Oüi da ! mais je ſerois pourtant bien aiſe de ſçavoir ce qui en eſt, à vous parler vrai.

DAMIS.

Ah ! c'eſt ce qui ne ſe peut pas, Madame, j'ai
promis de me taire là-deſſus. J'ai de l'amour, ou
je n'en ai point ; je n'ai pas juré de n'en point avoir,
mais j'ai juré de ne le point dire en cas que j'en
euſſe , & d'agir comme s'il n'en étoit rien : Voilà
tous les engagemens que vous m'avez fait prendre,
& que je dois reſpecter de peur du reproche. Du
reſte, je ſuis parfaitement le maître, & je vous aimerai, s'il me plaît; ainſi, peut-être que je vous
aime, peut-être que je me ſacrifie, & ce ſont mes
affaires.

LUCILE.

Mais, voilà qui eſt extrémement commode !
Voyez avec quelle legereté Monſieur traite cette
matiere-là : je vous aimerai, s'il me plaît : peut-être
que je vous aime ; pas plus de façon que cela : que

je l'approuve ou non, on n'a que faire que je le
sçache. Il faut donc prendre patience ; mais dans
le fond, si vous m'aimiez avec cet air dégagé que
vous avez, vous seriez asseurement le plus grand
Comedien du monde, & ce caractere-là n'est pas
des plus honnêtes à porter, entre vous & moi.

D A M I S.

Dans cette occasion cy, il seroit plus fatiguant
que malhonnête.

L U C I L E.

Quoiqu'il en soit, en voilà assez, je m'apper-
çois que ces plaisanteries là tendent à me dégoû-
ter de la conversation : Vous vous ennuyez &
moi aussi ; separons nous, voyez si mon pere &
le vôtre ne font plus dans le Jardin, & quittons
nous s'ils ne nous observent plus.

D A M I S.

Eh non, Madame, il n'y a qu'un moment que
nous sommes ensemble.

✤✤ ✤✤✤✤✤✤✤✤✤ ✤✤✤✤✤✤✤✤✤ ✤✤✤

S C E N E   IX.

DAMIS, LUCILE, LISETTE.

L I S E T T E.

MAdame, il vient d'arriver compagnie qui
est dans la salle avec Monsieur Orgon, &
il m'envoye vous dire qu'on va se mettre au jeu.

L U C I L E.

Moi jouër ? Eh mais mon pere sçait bien que je
ne jouë jamais qu'à contre cœur, dites lui que je le
prie de m'en dispenser.

L I S E T T E.

Mais, Madame la Compagnie vous demande.

L U C I L E.

Oh ! que la Compagnie attende, dites que vous
ne me trouvez pas.

LISETTE.

LISETTE.

Et Monſieur, vient-il ? apparemment qu'il joue.

DAMIS.

Moi, je ne connois pas les cartes.

LUCILE.

Allez, dites à mon pere que je vais dans mon cabinet, & que je ne me montrerai qu'après que les parties ſeront commencées.

LISETTE *en s'en allant.*

Que diantre veulent-t'ils dire, de ne venir ni l'un ni l'autre?

SCENE X.

DAMIS, LUCILE.

DAMIS *d'un air embarraſſé.*

Vous n'aimez donc pas le jeu, Madame?

LUCILE.

Non, Monſieur.

DAMIS.

Je me ſçais bon gré de vous reſſembler en cela.

LUCILE.

Ce n'eſt-là ny une vertu, ny un défaut; mais, Monſieur, puiſqu'il y a Compagnie, que n'y allez-vous, elle vous amuſeroit.

DAMIS.

Je ne ſuis pas en humeur de chercher des amuſemens.

LUCILE.

Mais eſt-ce que vous reſtez avec moi?

DAMIS.

Si vous me le permettez.

LUCILE.

Vous n'avez pourtant rien à me dire.

D

DAMIS.

En ce moment, par exemple, je rêve à notre
avanture ; elle eſt ſi finguliere qu'elle devroit être
unique.

LUCILE.

Mais je crois qu'elle l'eſt auſſi.

DAMIS.

Non, Madame, elle ne l'eſt point. Il n'y a pas
plus de ſix mois qu'un de mes amis & une perſonne
qu'on vouloit qu'il épouſât, ſe ſont trouvés tous
deux dans le même cas que vous & moi : même
réſolution de ne point ſe marier avant que de ſe
connoitre, même convention entre eux , mêmes
promeſſes que moi de la défaire de lui.

LUCILE.

C'eſt-à-dire qu'il y manqua, cela n'eſt pas rare.

DAMIS.

Non, Madame , il les tint : mais notre cœur ſe
moque de nos reſolutions.

LUCILE.

Aſſez ſouvent, à ce qu'on dit.

DAMIS.

La Dame en queſtion étoit très-aimable ; beaucoup moins que vous, pourtant , voilà toute la
différence que je trouve dans cette hiſtoire.

LUCILE.

Vous êtes bien galant.

DAMIS.

Non, je ne ſuis qu'Hiſtorien exaĉt ; au reſte
Madame, je vous raconte ceci dans la bonne foi,
pour nous entretenir & ſans aucun deſſein.

LUCILE.

Oh ! je n'en imagine pas davantage ; pourſuivez :
Qu'arriva-t'-il entre la Dame & votre ami ?

DAMIS.

Qu'il l'aima ?

LUCILE.

Cela étoit embarraſſant.

DAMIS.

Ouy certes; car il s'étoit engagé à se taire aussi bien que moi.

LUCILE.

Vous m'allez dire qu'il parla.

DAMIS.

Il n'eut garde à cause de la parole donnée, & il ne vit qu'un parti à prendre qui est singulier, ce fut de lui dire, comme je vous disois tout à l'heure, ou je vous aime ou je ne vous aime pas, & d'ajoûter qu'il ne s'enhardiroit à dire la verité que lorsqu'il la verroit elle-même un peu sensible; je fais un récit, souvenez-vous en.

LUCILE.

Je le sçais; mais votre ami étoit un impertinent, proposer à une femme de parler la premiere, il faudroit être bien affamée d'un cœur pour l'acheter à ce prix-là.

DAMIS.

La Dame en question n'en jugea pas comme vous, Madame; il est vrai qu'elle avoit du penchant pour lui.

LUCILE.

Ah ! c'est encore pis : Quel lâche abus de la foiblesse d'un cœur ! C'est dire à une femme : veux-tu sçavoir mon amour; subis l'opprobre de m'avoüer le tien; deshonore-toi & je t'instruis. Quelle épouvantable chose! Et le vilain ami que vous avez-là !

DAMIS.

Prenez garde ; cette Dame sentit que cette proposition toute horrible qu'elle vous paroit ne venoit que de son respect & de sa crainte, & que son cœur n'osoit se risquer sans la permission du sien; l'aveu d'un amour qui eût déplû n'eût fait qu'allarmer la Dame, & lui faire craindre que mon ami ne hâtât perfidement leur mariage; elle sentit tout cela.

LUCILE.

Ah! n'achevez pas, j'ai pitié d'elle, & je devine le reste: mais mon inquiétude est de sçavoir comme s'y prend une femme en pareil cas: de quel tour peut-elle se servir? j'oublierois le François, moi, s'il falloit dire je vous aime, avant qu'on me l'eût dit.

DAMIS.

Il en agit plus noblement, elle n'eut pas la peine de parler.

LUCILE.

Ah! passe pour cela.

DAMIS.

Il y a des manieres qui valent des paroles; on dit je vous aime avec un regard, & on le dit bien.

LUCILE.

Non, Monsieur, un regard c'est encore trop; je permets qu'on le rende, mais non pas qu'on le donne.

DAMIS.

Pour vous, Madame, vous ne rendriez que de l'indignation.

LUCILE.

Qu'est-ce que cela veut dire, Monsieur? Est-ce qu'il est question de moi ici? Je crois que vous vous divertissez à mes dépens. Vous vous amusez je pense, vous en avez tout l'air en verité vous êtes admirable! Adieu Monsieur, on dit que vous aimez ma sœur, terminez la désagréable situation où je me trouve en l'épousant: Voilà tout ce que je vous demande.

DAMIS.

Je continuerai de feindre de la servir, Madame; c'est tout ce que je puis vous promettre. [*En s'en allant*] Que de mépris!

SCENE XI.

LUCILE *seule.*

IL faut avoüer qu'on a quelquefois des inclina-
tions bien bizarres ! D'où vient que j'en ai pour
cet homme-là qui n'eſt point aimable ?

Fin du ſecond Acte.

ACTE III.

SCENE PREMIERE.

PHENICE, DAMIS.

PHENICE.

NON, Monsieur, je vous l'avouë, je ne
sçaurois plus souffrir le personnage que
vous jouez auprès de moi, & je le trouve
inconcevable ; vous n'etes venu que pour épouser
ma Sœur, elle est aimable, & vous ne lui parlez
point : ce n'est qu'à moi que vos conversations s'a-
dressent. J'y comprendrois quelque chose si l'amour
y avoit part ; mais vous ne m'aimez point, il n'en
est pas question.

DAMIS.

Rien ne seroit pourtant plus aisé que de vous
aimer, Madame.

PHENICE.

A la bonne heure, mais rien ne seroit plus inutile, & je ne serois pas en situation de vous écouter:
Quoi qu'il en soit, ces façons-là ne me conviennent
point, je l'ai deja marqué, je vous l'ai fait dire ,
& je vous demande en grace de cesser vos pour-
suites ; car enfin vous n'avez pas dessein de me
désobliger je pense.

DAMIS.

Moi, Madame ?

PHENICE.

Sur ce pied-là, finissez donc, ou je vous y for-
ceray moi-même.

DAMIS.

Vous me défendrez donc de vous voir?

PHENICE.

Non, Monsieur : mais on s'imagine que vous m'aimez ; vos façons l'ont persuadé à tout le monde, & je ne le nierai pas, je ne paroitrai point m'y de-plaire, & je vous réduirai peut-être ou à la nécessité de m'épouser en dépit de votre goût, ou à fuir en homme imprudent ; j'adoucis le terme, en homme inexcusable, qui n'aura pas rougi de violer tous les égards, & de se moquer tour à tour, de deux Filles de condition, dont la moindre peut fixer le plus honnête homme : de sorte que vous risquez ou le sacrifice de votre cœur, ou la perte de votre réputation ; deux objets qui valent bien qu'on y pense. Mais, dites-moi, est-ce que vous n'aimez point ma Sœur?

DAMIS.

Si je l'époufois, je n'en ferois pas fâché.

PHENICE.

Ou je n'y connois rien, ou je crois qu'elle ne le feroit pas non plus. Pourquoi donc ne vous accor-dez-vous pas?

DAMIS.

Ma foi je l'ignore.

PHENICE.

Mais ce n'est pas-là parler raison.

DAMIS.

Je ne fçaurois pourtant y en mettre davantage.

PHENICE.

Ce font vos affaires ; & je m'en tiens à ce que je vous ai dit. Voici mon pere avec ma sœur, de grace retirez-vous avant qu'ils puissent vous voir.

DAMIS.

Mais, Madame.

PHENICE.

Oh, Monsieur, trêve de raillerie.

SCENE II.

M. ORGON, LUCILE, PHENICE.

M. ORGON, *parlant à Lucile avec qui il*
entre.

NOn, ma fille, je n'ai jamais prétendu vous contraindre : quelque chose que vous me disiez, il est certain que vous ne l'aimez pas ; ainsi n'en parlons plus.   [*Phenice veut s'en aller.*]

M. Orgon continuë. Restez, Phenice, je vous cherchois, & j'ai un mot à vous dire. Ecoutez-moi toutes deux. Damis vouloit épouser votre sœur ; c'étoit là notre arrangement. Nous sommes obligés de le changer ; le cœur de Lucile en dispose autrement : elle ne l'avouë pas ; mais ce n'est que par pure complaisance pour moi, & j'ai quitté ce projet-là.

LUCILE.

Mais, mon pere, vous dirois-je que j'aime Damis ? Cela ne siéroit pas ; c'est un langage qu'une fille bien née ne sçauroit tenir, quand elle en auroit envie.

M. ORGON.

Encore ! Et si je vous disois que c'est de Lisette elle-même que je sçai qu'il ne vous plait pas, ma fille ? A quoi bon s'en défendre ? Je vous dispense de ces considerations là pour moi ; & pour trancher net, vous ne l'épouserez point : vos dégoûts pour lui n'ont été que trop marqués, & je le destine à votre sœur à qui son cœur se donne, & qui ne lui refuse pas le sien, quoiqu'elle aille de son côté me dire le contraire à cause de vous.

PHENICE.

Moi l'épouser, mon Pere.

M. ORGON.

M. ORGON.

Nous y voilà, je ſçavois votre réponſe avant
que vous me la fiſſiez, je vous connois toutes
deux ; l'une de peur de me fâcher, épouſeroit ce
qu'elle n'aime pas ; l'autre par retenuë pour ſa
Sœur, refuſeroit d'épouſer ce qu'elle aime ; vous
voyez bien que je ſuis au fait, & que je ſçais
vous interpreter ; d'ailleurs je ſuis bien inſtruit, &
je ne me trompe pas.

L U C I L E *à part à Phenice.*

Parlez donc, vous voilà comme une Statuë ?

P H E N I C E.

En verité je ne ſçaurois penſer que ceci ſoit ſérieux.

L U C I L E.

Prenez garde à ce que vous ferez, mon Pere,
vous vous méprenez ſur ma Sœur, & je lui vois
preſque la larme à l'œil.

M. ORGON.

Si elles ne ſont pas folles, c'eſt moi qui ai perdu l'eſprit ; adieu je vais informer Monſieur Ergaſte
du nouveau Mariage que je médite, ſon amitié
ne m'en dédira pas : Pour vous, mes enfans, plaignez
vous, c'eſt moi qui ai tort ; en effet j'abuſe du
pouvoir que j'ai ſur vous, plaignez-vous, je vous
le conſeille, & cela ſoulage ; mais je ne veux pas
vous entendre, vous m'attendririez trop ; allez,
ſortez, ſans me répondre, & laiſſez-moi parler
à Monſieur Ergaſte qui arrive.

L U C I L E *en partant.*

J'étouffe !

SCENE. III.

M. ERGASTE, M. ORGON, FRONTAIN.

M. ERGASTE.

VOUS voyez un homme consterné, mon cher Ami, je ne vois nulle apparence au Mariage en question, à moins que de violenter des cœurs qui ne semblent pas faits l'un pour l'autre ; je ne sçaurois cependant pardonner à mon Fils d'avoir cedé si vîte à l'indifference de Lucile ; j'ai même été jusqu'à le soupçonner d'aimer ailleurs, & voici son Valet à qui j'en parlois : mais, soit que je me trompe ou que ce Coquin n'en veüille rien dire, tout ce qu'il me répond, c'est que mon Fils ne plait pas à Lucile, & j'en suis au desespoir.

FRONTAIN *derriere.*

Messieurs, un Coquin n'est pas agréable à voir, voulez-vous que je me retire ?

M. ERGASTE.

Attens.

M. ORGON.

Ne vous fâchez pas, Monsieur Ergaste, il y a remede à tout, & nous n'y perdrons rien, si vous voulez.

M. ERGASTE.

Parlez, mon cher Amy, j'applaudis d'avance à vos intentions.

M. ORGON.

Nous avons une ressource.

M. ERGASTE.

Je n'osois la proposer, mais effectivement j'en vois une avec tout le monde.

M. ORGON.

Il n'y a qu'à changer d'objet ; substituons la cadette à l'aînée , nous ne trouverons point d'obstacle , c'est un expedient que l'Amour nous indique.

M. ERGASTE.

Entre vous & moi, mon Fils a paru tout d'un coup pancher de ce côté-là.

M. ORGON.

A vous parler confidemment , ma cadette ne hait pas son penchant.

M. ERGASTE.

Il n'y a personne qui n'ait remarqué ce que nous disons-là ; c'est un coup de sympatie visible.

M. ORGON.

Ma foi, rendons-nous-y, marions-les ensemble.

M. ERGASTE.

Vous y consentez ! Le Ciel en soit loüé ! voilà ce qu'on appelle une veritable union de cœurs , un vrai Mariage d'inclination, & jamais on n'en devroit faire d'autre : Vous me charmez , est-ce une chose concluë ?

M. ORGON.

Assûrément , je viens d'en avertir ma Fille

M. ERGASTE.

Je vous rends grace , souffrez à present que je dise un mot à ce Valet, & je vous rejoints sur le champ.

M. ORGON.

Je vous attends , faites.

SCENE IV.

M. ERGASTE, FRONTAIN.

M. ERGASTE.

APproches.

FRONTAIN.

Me voilà, Monsieur.

M. ERGASTE.

Ecoutes, & retiens bien la commission que je te donne.

FRONTAIN.

Je n'ai pas beaucoup de memoire, mais avec du zele on s'en passe.

M. ERGASTE.

Tu diras à mon Fils, que ce n'est plus à Lucile à qui on le destine, & qu'on lui accorde aujourd'hui ce qu'il aime.

FRONTAIN.

Et s'il me demande ce que c'est qu'il aime, que lui dirai-je ?

M. ERGASTE.

Va va, il sçaura bien que c'est de Phenice dont on parle.

FRONTAIN, *en s'en allant.*

Je n'y manquerai pas, Monsieur.

M. ERGASTE.

Où vas tu?

FRONTAIN.

Faire ma commission.

M. ERGASTE.

Tu es bien pressé, ce n'est pas-là tout.

FRONTAIN.

Allons, Monsieur, tant qu'il vous plaira, ne m'epargnez point.

M. ERGASTE.

Dis lui qu’il remercie Monſieur Orgon de la
bonté qu’il a de n’être pas fâché dans cette occa-
ſion-ci ; car ſi Damis n’épouſe pas Lucile, je ga-
gerois bien que c’eſt à lui à qui il faut s’en prendre;
dis-lui que je lui pardonne en faveur de ce nouveau Mariage, le chagrin qu’il a riſqué de me donner : mais que s’il me trompoit encore ; ſi après les
empreſſemens qu’il a marqués pour Phenice, il
heſitoit à l’épouſer ; s’il faiſoit encore cette injure à
Monſieur Orgon, que je ne veux le voir de ma
vie, & que je le desherite ; je ne lui parlerai pas
même que je ne ſois content de lui.

FRONTAIN *riant.*

Eh eh eh . . . . je remarque que ce n’eſt qu’en
baiſſant le ton que vous prononcez le terrible mot
de desheriter; vous en êtes effrayé vous même,
la tendreſſe paternelle eſt admirable !

M. ERGASTE.

Faquin, on a bien affaire de tes reflexions : Obéïs,
le reſte me regarde.

SCENE V.

FRONTAIN, LISETTE.

LISETTE.

JE te cherchois, Frontain, & j’attendois que
Monſieur Ergaſte t’eût quitté pour te parler,
&ſçavoir ce qu’il te diſoit : Il ſemble que les affaires
vont mal ; ma Maîtreſſe ne me voit pas de bon œil ;
ſçais-tu de quoi il s’agit . . . réponds donc ?

FRONTAIN.

La peur d’être desherité me coupe la parole.

LISETTE.

Qu’eſt-ce que tu veux dire ?

FRONTAIN.

D'être désherité, te dis-je, ou d'épouser Phenice.

LISETTE.

Comment donc d'épouser Phenice ? Ah ! Frontain, où en sommes-nous ? Voilà donc pourquoi Lucile m'a si bien reçûë tout à l'heure; elle a sçû que j'ai
dit à son Pere qu'elle n'aimoit point Damis, que
Damis se déclaroit pour sa Sœur, on veut à present
qu'il l'épouse ; je n'ai point prévû ce coup-là , & je
me compte disgraciée , j'ai vû Lucile trop inquiette;
Apparamment que ton Maitre ne lui est point indifferent ; & je perds tout si elle me congedie !

FRONTAIN.

Je ne vois donc de tous côtés pour nous , que
des dietes.

LISETTE.

Voilà ce que c'est que de n'avoir pas laissé aller les
choses : Je crois que nos gens s'aimeroient sans
nous ; maudite soit l'ambition de gouverner chacun notre menage !

FRONTAIN.

Ah , mon enfant , tu as beau dire , tous les
Gouvernemens sont lucratifs , & le Celibat où
nous les tenions n'étoit pas mal imaginé ; le pis
que j'y trouve , c'est que je t'aime , & que tu n'en
es pas quitte à meilleur marché que moi.

LISETTE.

Eh ! que n'as-tu eu l'esprit de m'aimer tout d'un
coup, j'aurois fait changer d'avis à Lucile.

FRONTAIN.

Voilà notre tort , c'est de n'avoir pas prévû l'in-
faillible effet de nos merites. Mais , ma mie , notre
mal est-il sans remede ? je soupçonne , comme toi,
que nos gens ne se haïssent point dans le fond ; &
il n'y auroit qu'à les en faire convenir pour nous
tirer d'affaire: tâchons de leur rendre ce service-là

LISETTE.

Nous avons bien aigri les choſes. N'importe,
voici ton Maitre; changeons adroitement de bat-
terie, & táchons de le gagner.

SCENE VI.

FRONTAIN, LISETTE, DAMIS.

DAMIS.

AH! te voilà, Frontain : bonjour, Liſette. De
quoi mon pere t'a-t-il chargé pour moi, Frontain ? il vient de m'avertir, ſans vouloir l'expliquer,
que tu avois quelque choſe à me dire de ſa part.

FRONTAIN.

Oui, Monſieur, il s'agit de deux ou trois petits
articles que je diſois à Liſette, & qui ne ſont pas
fort curieux.

DAMIS.

Dis-les ſans les compter.

FRONTAIN.

Vous m'excuſerez, le calcul arrange. Le premier, c'eſt qu'il ne veut plus entendre parler de
vous.

DAMIS.

Qui ? mon pere !

FRONTAIN.

Lui-même. Mais ce n'eſt pas là l'eſſentiel : le ſecond, c'eſt qu'il vous déſherite.

DAMIS.

Moi! Ce que tu me dis-là n'eſt pas concevable ?

FRONTAIN.

Il ne m'a pas chargé de vous le faire concevoir.
Enfin, le troiſiéme, c'eſt que les deux premiers
ſeront nuls, ſi vous épouſez Phenice.

E iiij

DAMIS.

Quoi ! l'on veut m'obliger ....

FRONTAIN.

Prenez garde, Monsieur, ne confondons point, parlons exactement. Ma commission ne porte point qu'on vous oblige ; on n'attaque point votre liberté, voyez-vous : vous êtes le maitre d'opter entre Phenice ou votre ruine, & l'on s'en rapporte à votre choix.

LISETTE.

La jolie grace ! C'est que sur le penchant qu'on vous croit pour elle : on ne veut pas que vous balanciez à l'épouser après le refus que vous avez paru faire de sa sœur.

FRONTAIN.

Mais cette sœur, nous ne la refusons point dans le fond : n'est-il pas vrai, Monsieur ?

DAMIS

Passe encor, s'il étoit question d'elle.

LISETTE.

Eh, Monsieur, que n'avez-vous parlé ? Pourquoi ne m'avoir pas confié vos sentimens ?

DAMIS.

Mais, mes sentimens, quand ils seroient tels que vous les croyez, ne sçavez-vous pas bien les siens, Lisette ?

LISETTE.

Ne vous y trompez pas, depuis vos conventions, je ne la vois plus que triste & réveuse.

FRONTAIN.

Je l'ai rencontrée ce matin qui étouffoit un soupir en s'essuyant les yeux.

LISETTE.

Elle qui aimoit sa sœur, & qui étoit toûjours avec elle, je la vois aujourd'hui la fuir & se détourner pour l'éviter. Qu'est-ceque cela signifie ?

FRONTAIN.

Et moi, quand je la saluë, elle a toûjours envie

de me le rendre. D'où vient cela, sinon de l'honneur que j'ai d'être à vous?

LISETTE.

Tu n'as peut-être pas tant de tort. Au moins, Monsieur, je vous demande le secret; profitez-en, voilà tout.

DAMIS.

Je vous l'avoüe, Lisette, tout ce que vous me dites-là, si vous êtes sincere, pourroit m'être d'un bon augure; & si j'osois soupçonner la moindre des dispositions dans son cœur....

FRONTAIN.

Iriez-vous lui donner le vôtre? Ah, Monsieur, le beau present que vous lui feriez-là !

DAMIS.

Ecoutez : c'est pourtant cette même personne, qui, au premier instant qu'elle m'a vû, a marqué assez nettement de l'aversion pour moi, qui m'a fait soupçonner qu'elle aimoit ailleurs !

LISETTE.

Pur discours de mauvaise humeur qu'elle a tenu là, je vous assure.

DAMIS.

Soit : mais souvenez-vous qu'elle a exigé que je ne l'épousasse point ; qu'elle me l'a demandé par tout l'honneur dont je suis capable : que c'est elle peut-être, qui pour se débarrasser tout-à-fait de moi, contribuë aujourd'hui au nouveau mariage qu'on veut que je fasse ; en un mot, je ne sçais qu'en penser moi-même. Je puis me tromper, peut-être vous trompez-vous aussi ; & sans quelques preuves un peu moins équivoques de ses sentimens, je ne sçaurois me déterminer à violer les paroles que je lui ai données ; non pas que je les estime plus qu'elles valent, elles ne seroient rien pour un homme qui plairoit : mais elles doivent lier tout homme qu'on hait, & dont on les a exigées comme une sûreté contre lui. Quoi qu'il en soit, voici

Lucile qui vient; je n'attens d'elle que le moindre
petit accueil pour me déclarer, & son seul abord
va décider de tout.

❦❦❦❦❦ ❖ ❦❦❦❦❦

SCENE VII.

LUCILE, LISETTE, DAMIS, FRONTAIN.

LUCILE.

J'Ai à vous parler pour un moment, Damis; notre entretien sera court; je n'ai qu'une question
à vous faire, vous qu'un mot à me répondre; &
puis je vous fuis, je vous laisse.

DAMIS.

Vous n'y serez point obligée, Madame, & j'aurai soin de me retirer le premier [*à part*] Hé bien,
Lisette ?

LUCILE.

Le premier ou le dernier, je vous donne la pré-
ference. Etes-vous si gêné ? retirez-vous tout-à-
l'heure : Lisette vous rendra ce que j'ai à vous dire.

DAMIS *se retirant.*

Je prends donc ce parti comme celui qui vous
convient le mieux, Madame. *Il feint de s'en aller.*

LUCILE.

Qu'il s'en aille; l'arrêtera qui voudra.

LISETTE.

Eh! Mais vous n'y pensez pas! Revenez donc,
Monsieur, est-ce que la guerre est déclarée entre
vous deux ?

DAMIS.

Madame débute par m'annoncer qu'elle n'a
qu'un mot à me dire; & puis qu'elle me fuit:
n'est-ce pas m'insinuer qu'elle a de la peine à me voir?

LUCILE.

Si vous sçaviez l'envie que j'ai de vous laisser-là!

DAMIS.

Je n'en doute pas, Madame: mais ce n'eſt pas
à preſent qu'il faut me fuir; c'étoit dès le premier
inſtant que vous m'avez **vû** & que je vous déplaï-
ſois, qu'il falloit le faire.

LUCILE.

Vous fuir dès le premier inſtant? Pourquoi donc,
Monſieur ? Cela ſeroit bien ſauvage ; on ne fuit
point ici à la vûë d'un homme.

LISETTE.

Mais , quel eſt le travers qui vous prend à tous
deux? Faut-il que des perſonnes qui ſe veulent
du bien ſe parlent comme s'ils ne pouvoient ſe ſouf-
frir ? Et vous , Monſieur, qui aimez ma Maitreſſe;
car vous l'aimez , je gage. [*Ces mots-là ſe diſent en
faiſant ſigne à Damis.*]

LUCILE.

Que vous êtes ſotte? Allez, viſionnaire, allez
perdre vos gageures ailleurs. A qui en veut-elle ?

LISETTE.

Oui , Madame, je ſors; mais avant que de partir , *il faut que je parle.* Vous me demandez à qui
j'en veux ? A vous deux, Madame, à vous deux.
Oui, je voudrois de tout mon cœur ôter à Monſieur qui ſe tait & dont le ſilence m'agite le ſang,
je voudrois lui ôter le ſcrupule du ridicule engagement qu'il a pris avec vous, que je me repens de
vous avoir laiſſé prendre, & dont vous ſouffrez
autant l'un que l'autre. Pour vous, Madame, je
ne ſçais pas comment vous l'entendez; mais ſi jamais un homme avoit fait ſerment de ne me pas dire Je vous aime , oh! je ferois ſerment qu'il en
auroit le démenti: il ſçauroit le reſpect qui me ſeroit dû; je n'y épargnerois rien de tout ce qu'il y
a de plus dangereux, de plus fripon, de plus aſſaſſin
dans l'honnête coqueterie des mines, du langage,
& du coup d'œil: voilà à quoi je mettrois ma gloi-
re; & non pas à me tenir douloureuſement ſur mon

quant-à-moi, comme vous faites, & à me dire :
Voyons ce qu'il dit, voyons ce qu'il ne dit pas ;
qu'il parle, qu'il commence, c'est à lui, ce n'est pas
à moi, mon sexe, ma fierté, les bienséances, &
mille autres façons inutiles avec Monsieur qui
tremble, & qui a la bonté d'avoir peur que son
amour ne vous allarme & ne vous fâche. De l'a-
mour nous fâcher ! De quel pays venez-vous donc?
Eh ! mort de ma vie, Monsieur, fâchez hardiment,
faites nous cet honneur-là ; courage, attaquez-
nous ; cette cérémonie-là fera votre fortune, &
vous vous entendrez ; car jusqu'ici on ne voit goute
à vos discours à tous deux : il y a du oüi, du non,
du pour, du contre ; on fuit, on revient, on se
rappelle, on n'y comprend rien. Adieu, j'ai tout
dit ; vous voilà débrouillés, profitez-en. Allons,
Frontain.

SCENE VIII.

DAMIS, LUCILE.

LUCILE.

JUSTE Ciel, quelle impertinence ! Où a t'elle
pris tout ce qu'elle nous dit-là? d'où lui viennent, sur tout, de pareilles idées sur votre compte?
Au reste, elle ne me menage pas plus que vous.

DAMIS.

Je ne m'en plains point, Madame.

LUCILE.

Vous m'excuserez, je me mets à votre place ;
il n'est point agréable de s'entendre dire de certaines choses en face.

DAMIS.

Quoy, Madame ! est-ce l'idée qu'elle a que je
vous aime, que vous trouvez si désagréable pour
moy?

LUCILE.

Mais defagréable ; je ne dis pas que fon erreur
vous faffe injure , mon humilité ne va pas juf-
ques-là. Mais à propos de quoy cette folle-là
vient-elle vous pouffer là-deffus ?

DAMIS.

A propos de la difficulté qu'elle s'imagine qu'il
y a à ne vous pas aimer, cela eft tout fimple ;
& fi j'en voulois à tous ceux qui me foupçon-
neroient d'amour pour vous , j'aurois querelle
avec tout le monde.

LUCILE.

Vous n'en auriez pas avec moy.

DAMIS.

Oh! vraiment je le fçai bien, fi vous me foupçon-
niez, vous ne feriez pas là , vous fuiriez, vous
deferteriez.

LUCILE.

Qu'eft-ce que c'eft que deferter, Monfieur?
Vous avez là des expreffions bien gracieufes, &
qui font un joli portrait de mon caractère ; j'aime
affez l'efprit heteroclite que cela me donne : Non,
Monfieur, je ne deferterois point ; je ne croirois
pas tout perdu, j'aurois affez de tête pour foûte-
nir cet accident là , ce me femble ; alors comme
alors, on prend fon parti , Monfieur, on prend
fon parti.

DAMIS.

Il eft vrai qu'on peut , ou haïr ou méprifer les
gens de près comme de loin.

LUCILE.

Il n'eft pas queftion de ce qu'on peut ; j'ignore
ce qu'on fait dans une fituation où je ne fuis pas ;
& je crois que vous ne me donnerez jamais la peine
de vous haïr.

DAMIS.

J'aurai pourtant un plaifir, c'eft que vous ne
fçaurez point fi je fuis digne de haine à cet égard
là ; je dirai toûjours, peut-être.

LUCILE.

Ce mot là me dép'ait, Monsieur, je vous l'ai
déja dit.

DAMIS.

Je ne m'en servirai plus, Madame; & si j'a-
vois la liste des mots qui vous choquent, j'aurois grand soin de les éviter.

LUCILE.

La liste est encore amusante ! Eh bien, je vais
vous dire où elle est moi ; vous la trouverez
dans la regle des Egards qu'on doit aux Dames ;
vous y verrez qu'il n'est pas bien de vous divertir avec un peut-être, qui ne sera pas fortune
chez moi, qui ne m'intriguera pas, car je sçai à
quoi m'en tenir ; c'est en badinant que vous le dites;
mais c'est un badinage qui ne vous sied pas ; ce
n'est pas là le langage des hommes ; on n'a pas
mis leur modestie sur ce pied-là : Parlons d'autre
chose ; je ne suis pas venue ici sans motif, écoutez-
moi ; vous sçavez, sans doute , qu'on veut vous
donner ma Sœur.

DAMIS.

On me l'a dit, Madame.

LUCILE.

On croit que vous l'aimez ; mais moi qui ai re-
flechi sur l'origine des empressemens que vous
avez marqués pour elle; je crains qu'on ne s'abuse,
& je viens vous demander ce qui en est.

DAMIS.

Eh que vous importe, Madame ?

LUCILE.

Ce qui m'importe ! (Voilà bien la question d'un
homme qui n'a ni frere ni sœur, & qui ne sçait pas
combien ils sont chers.)c'est que je m'interesse à elle, Monsieur ; c'est que si vous ne l'aimez pas , ce
seroit manquer de caractere ce me semble, ce seroit
même blesser les Loix de cette probité à qui vous
tenez tant, que de l'epouser avec un cœur qui
s'éloigneroit d'elle.

DAMIS.

Pourquoi donc, Madame? Avez vous inspiré
qu'on me la donne? car j'ai tout lieu de soupçonner que vous en êtes cause, puisque c'est vous
qui m'avez d'abord proposé de l'aimer; au reste,
Madame, ne vous inquiétez point d'elle, j'aurai
soin de son sort plus sincerement que vous; elle
le merite bien.

LUCILE.

Qu'elle le merite ou non, ce n'est pas son éloge
que je vous demande, ni à vos imaginations que
je viens répondre: Parlez, Damis, l'aimez vous?
Car s'il n'en est rien, ou ne l'épousez pas, ou
trouvez bon que j'avertisse mon pere qui s'y trompe, & qui seroit au desespoir de s'y être trompé.

DAMIS.

Et moi, Madame, si vous lui dites que je ne
l'aime point; si vous executez un dessein, qui ne
tend qu'à me faire sortir d'ici, avec la haine & le
couroux de tout le monde; si vous l'executez, trouvez bon qu'en revanche, je retire toutes mes paroles avec vous, & que je dise à Monsieur Orgon,
que je suis prêt de vous épouser quand on le voudra, dès-aujourd'hui s'il le faut.

LUCILE.

Oüy-da, Monsieur, le prenez-vous sur ce ton
menaçant? Oh, je sçai le moyen de vous en faire
prendre un autre; allez votre chemin, Monsieur,
poursuivez, je ne vous retiens pas; allez pour
vous venger, violer des promesses dont l'oubli
ne seroit tout au plus pardonnable, qu'à quicon-
que auroit de l'amour; courez vous punir vous-
même, vous ne manquerez pas votre coup; car je
vous déclare que je vous y aiderai moi. Ah! vous
m'épouserez, dites-vous, vous m'épouserez?& moi
aussi, Monsieur, & moi aussi; je serai bien aussi vin-
dicative que vous, & nous verrons qui se dédira
de nous deux; assurément le compliment est admi-

rable ! c'eft une jolie petite partie à propofer.

DAMIS.

Eh bien, ceffez donc de me perfecuter, Madame.
J'ai le cœur incapable de vous nuire ; mais laiffez-
moi me tirer de l'état où je fuis ; contentez-vous
de m'avoir déja procuré ce qui m'arrive ; on ne
moffriroit pas aujourd'hui votre Sœur, fi pour vous
obliger je n'avois pas paru m'attacher à elle, ou
fi vous n'aviez pas dit que je l'aimois : Souvenez-
vous que j'ai fervi vos dégoûts pour moi, avec
un honneur, une fidelité furprenante, avec une fidelité que je ne vous devois point ; que tout autre, à ma place, n'auroit jamais eu, & ce pro-
cedé fi loüable, fi genereux, mérite bien que vous
laiffiez en repos un homme qui peut avoir porté
la vertu jufqu'à fe facrifier pour vous ; je ne veux
pas dire que je vous aime ; non, Lucile, raffurez-
vous ; mais enfin vous ne fçavez pas ce qui en eft,
vous en pourriez douter ; vous êtes affez aimable pour cela, foit dit fans vous loüer ; je puis vous
époufer, vous ne le voulez pas, & je vous quitte :
En verité, Madame, tant d'ardeur à me faire du
mal, récompenfe mal un fervice, que tout le
monde, hors vous, auroit foupçonné d'être difficile
à rendre : Adieu, Madame. [*Il s'en va.*]

LUCILE.

Mais, attendez donc, attendez donc, donnez-
moi le tems de me juftifier, ne tient-il qu'à s'en
aller, quand on a chargé les gens de noirceurs
pareilles.

DAMIS.

J'en dirois trop fi je reftois.

LUCILE.

Oh vous ferez comme vous pourrez ; mais il
faut m'entendre.

DAMIS.

Après ce que vous m'avez dit, je n'ay plus
rien à fçavoir qui m'intereffe.

LUCILE.

LUCILE.

Ni moi plus rien à vous répondre ; il n'y a
qu'une chose qui m'étonne, & dont je ne devine
pas la raison ; c'est que vous osiez vous en prendre
à moi d'un mariage que je vois qui vous plaît ; le
motif de cette hypocrisie là me paroit aussi ridicule
qu'inconcevable, à moins que ce ne soit ma Sœur
qui vous y engage, pour me cacher l'accord de vos
cœurs, & la part qu'elle a à un engagement que
j'ai refusé, dont je ne voudrois jamais, & que
je la trouve bien à plaindre de ne pas refuser elle-
même. [*Elle sort.*]

SCENE IX.

FRONTAIN, DAMIS *consterné.*

FRONTAIN.

EH bien, Monsieur, à quoi en êtes-vous?

DAMIS.

Au plus malheureux jour de ma vie; laisse-moi.
[*Il sort.*]

SCENE X.

FRONTAIN.

VOILA une avanture qui a tout l'air de nous
souffler notre patrimoine.

ACTE IV.

SCENE PREMIERE.

DAMIS, FRONTAIN.

DAMIS.

NON, Frontain, il n'y a plus rien à tenter
là-dessus ; Lisette a beau dire, on ne sçau-
toit s'expliquer plus nettement que l'a fait
Lucile, & voilà qui est fini, il ne s'agit plus que
d'éviter l'embarras où je suis du côté de Phenice ;
va-t'elle bien-tôt venir, te l'a-t'elle bien assuré?

FRONTAIN,

Oüi, Monsieur, je lui ai dit que vous l'attendiez
ici, & vous allez la voir arriver dans un instant.

DAMIS.

Quelle bizarre situation que la mienne !

FRONTAIN.

Ma foy j'ai bien peur que Phenice n'en profite.

DAMIS.

Seroit-il possible qu'elle voulût épouser un
homme qu'elle n'aime point.

FRONTAIN.

Ah! Monsieur, une fille qui se marie n'y regarde pas de si près, elle est trop curieuse pour
être délicate. Le Mariage rend tous les hommes
si graciables, & d'ailleurs il est si aisé de s'accom-
moder de votre figure...

DAMIS.

Ah quel contre-tems! je crois que voici mon
Pere, je me sauve, il ne te parlera peut-être
pas; en tout cas, reviens me chercher ici près.

SCENE II.

FRONTAIN, M. ERGASTE.

M. ERGASTE,

MON fils n'étoit-il pas avec toi tout-à-l'heure ?

FRONTAIN.

Oüy, Monsieur, il me quitte.

M. ERGASTE.

Il me semble qu'il m'a évité.

FRONTAIN.

Lui, Monsieur, je crois qu'il vous cherche.

M. ERGASTE.

Tu me trompes.

FRONTAIN.

Moi, Monsieur, j'ai le caractere aussi vrai que la physionomie.

M. ERGASTE

Tu ne fais pas leur éloge ; mais passons, je sçai que tu ne manques pas d'esprit, & que mon fils te dit assez volontiers ce qu'il pense.

FRONTAIN.

Il pense donc bien peu de chose ; car il ne me dit presque rien.

M. ERGASTE.

Il aime Phenice qu'il va épouser ; je remarque cependant qu'il est triste & rêveur.

FRONTAIN.

Effectivement, & j'avois envie de lui en dire un mot.

M. ERGASTE.

Est-ce qu'il n'est pas content ?

FRONTAIN.

Bon, Monsieur, qui est-ce qui peut l'être dans la vie ?

M. ERGASTE.

Maraud.

FRONTAIN.

Je ne le suis pas de l'épithete, par exemple.

M. ERGASTE, *à part, les premiers mots.*

Je vois bien que je n'aprendrai rien ; mais, dis-moi, lui as-tu rapporté ce que je t'avois chargé de lui dire ?

FRONTAIN.

Mot à mot.

M. ERGASTE.

Que t'a-t-il répondu ?

FRONTAIN.

Attendez, je crois que vous ne m'avez pas dit de retenir sa réponse.

M. ERGASTE.

J'ai resolu de le laisser faire ; mais tu peus l'avertir que je lui tiendrai parole, s'il ne se conduit pas comme il le doit : Pour toi, sois sûr que je n'oublierai pas tes impertinences.

FRONTAIN.

Oh, Monsieur, vous avez trop de bonté pour avoir tant de memoire.

SCENE III.

FRONTAIN, PHENICE *arrive.*

FRONTAIN, *à part.*

IL est parbleu fâché ; mais il étoit tems qu'il partit ; voilà Phenice qui arrive.

PHENICE.

Hé bien, tu m'as dit que ton Maître m'attendoit ici, & je ne le vois pas.

FRONTAIN.

C'est qu'il s'est retiré à cause de Monsieur

Ergaſte ; mais il ſe promene ici près où j'ai ordre de l'aller prendre.

PHENICE.

Va donc.

FRONTAIN.

Madame, oſerois-je auparavant me flater d'un
petit moment d'audience ?

PHENICE.

Parles.

FRONTAIN.

Dans mon petit état de Subalterne, je regarde,
j'examine ; & chemin faiſant, je vois par-ci, par-
là des gens que je n'aime point, d'autres qui me
reviennent & à qui je me donnerois pour rien:
ce ne laiſſeroit pas que d'être un preſent.

PHENICE.

Sans doute ; mais à quoi peut aboutir ce préam-
bule ?

FRONTAIN.

A vous préparer à la liberté que je vais prendre, Madame, en vous diſant que vous êtes une
de ces perſonnes privilegiées pour qui ce mouvement ſimpathique m'eſt venu.

PHENICE.

Je t'en ſuis obligée, mais acheve.

FRONTAIN.

Si vous ſçaviez combien je m'intereſſe à votre
ſort à qui je vois prendre un ſi mauvais train...

PHENICE.

Explique toi mieux.

FRONTAIN.

Vous allez épouſer Damis ?

PHENICE.

On le dit.

FRONTAIN.

Motus ! Je vous avertis que vous ne pouvez en
épouſer que la moitié.

PHENICE.

La moitié de Damis ! Que veux-tu dire ?

FRONTAIN.

Son cœur ne se marie pas, Madame , il reste garçon.

PHENICE.

Tu crois donc qu'il ne m'aime pas ?

FRONTAIN.

Oh ! oh vous n'en êtes pas quitte à si bon marché.

PHENICE.

C'est-à-dire qu'il me hait.

FRONTAIN.

Ne sera-t'il pas trop malhonnête de vous l'avouer.

PHENICE.

Eh , dis-moi, n'aimeroit-t'il pas ma sœur ?

FRONTAIN.

A la fureur.

PHENICE.

Eh que ne l'épouse-t'il ?

FRONTAIN.

C'est encore une autre histoire que cette affaire-là.

PHENICE.

Parles donc ?

FRONTAIN.

C'est qu'ils ont d'abord debuté ensemble par un vertigo , ils se sont liez mal-à-propos par je ne sçai quelle convention de ne s'aimer ny de s'épouser, & ont deliberé que pour faire changer de dessein aux peres , qu'on feroit semblant de vous trouver de son goût , rien que semblant , vous entendez bien ?

PHENICE.

A merveilles.

FRONTAIN.

Et comme le cœur de l'homme est variable ; il se trouve aujourd'hui que leur cœur & leur

convention ne riment pas enfemble, & qu'on eft
fort embarraflé de fçavoir ce qu'on fera de vous :
Vous entendez bien, car la difcretion ne veut pas
que j'en dife davantage.

PHENICE.

En voilà bien aflez, je fuis au fait, & de peur
d'être ingrate, je te confie à mon tour que ta
difcretion meriteroit le châtiment du bâton.

FRONTAIN.

Sur ce pied-là, gardez-moi le fecret ; je vois
mon maitre, & je vais lui dire d'approcher.

SCENE IV.

PHENICE, DAMIS.

PHENICE, *un moment feule.*

JE leur fervois donc de pretexte, Oh ! je pré-
tends m'en venger, ils le meritent bien : mais
puifqu'ils s'aiment, je veux que ma conduite en
les inquiétant, les force de s'accorder. Hé bien,
Monfieur, que me voulez-vous ?

DAMIS.

Je crois que vous le fçavez, Madame.

PHENICE.

Moi ! non, je n'en fçai rien.

DAMIS.

Ignorez-vous que notre mariage eft conclu ?

PHENICE.

N'eft-ce que cela ? Je vous l'avois prédit, cela
ne pouvoit pas manquer d'arriver.

DAMIS.

Je ne croïois pas que les chofes dûffent aller
fi loin, & je vous demande pardon d'en être caufe.

PHENICE.

Vous vous moquez, je n'ai point de rancune à

garder contre un homme qui va devenir mon
époux.

DAMIS.

Ne me raillez point, Madame, je sçai bien que
ce n'est pas à moi à qui vous destinez cet honneur-là, dont je me tiendrois fort heureux.

PHENICE.

Si vous dites vrai, votre bonheur est sûr , je
vous promets que je n'y mettrai point d'obstacle.

DAMIS.

Ma foi, il ne me siéroit pas d'y en mettre non
plus, & je ne serois pas excusable, surtout après
les empressemens que j'ai marqués pour vous ,
Madame.

PHENICE.

Notre mariage ira donc tout de suite ?

DAMIS.

Oh ! morbleu, je vous le garantis fait s'il n'y a
que moi qui l'empêche.

PHENICE.

Je vous crois.

DAMIS, *à part les premiers mots.*

Qu'est-ce que c'est que ce langage là ? Faisons
lui peur. Ecoutez, Madame , toute plaisanterie
cessante , ne vous y fiez pas; on a toûjours du
penchant de reste pour les personnes qui vous ressemblent, & je vous assure que je ne suis point
embarrassé d'en avoir pour vous.

PHENICE.

Je vous avouë que je m'en flate.

DAMIS.

Tenez, ne badinons point; car je vous aimerai,
je vous en avertis.

PHENICE.

Il le faut bien, Monsieur.

DAMIS.

Mais vous, Madame, il faudra que vous m'aimiez aussi, & vous m'aviez tantôt fait comprendre

que

que vous aimiez ailleurs.

PHENICE;

Dans ce tems-là, vous épousiez ma sœur, il ne m'étoit pas permis de vous voir, & je diffimulois.

DAMIS, *à part, le premier mot.*

Voyons donc où cela ira) encore une fois, faites-y vos reflexions : vous comptez peut-être que je vous tirerai d'affaire, & vous vous trompez, n'attendez rien de mon cœur, il vous prendra au mot, je ne fuis que trop difposé à vous le donner.

PHENICE.

N'hefitez point, Monfieur, donnez.

DAMIS.

Je vous aimerai, vous dis-je ?

PHENICE.

Aimez.

DAMIS.

Vous le voulez ? ma foi, Madame, puifqu'il faut vous l'avouër, je vous aime.

PHENICE *à part.*

Il me trompe.

DAMIS.

Vous rougiffez, Madame.

PHENICE.

Il eft vrai que je fuis émuë d'un aveu fi fubit.

DAMIS *à part le premier mot.*

Continuons) ouy Madame, mon cœur eft à vous, & je n'ai fouhaité de vous voir que pour vous éprouver là-deffus.

   [*M. Ergafte & M. Orgon entrent dans le moment, & s'arrétent en voyant Damis & Phenice.*]

SCENE V.

M. ORGON , M. ERGASTE , PHENICE ;
DAMIS.

DAMIS *continuë.*

LEs circonstances où je me trouvois ont d'a-
bord retenu mes sentimens , je n'osois vous
en parler ; mais puisque ma situation est changée,
qu'il ne s'agit plus de se contraindre, & que vous
aprouvez mon amour,

[*il se met à genoux*]

laissez-moi vous exprimer ma joïe , & me dédom-
mager par l'aveu le plus tendre.....

M. ORGON.

Monsieur Ergaste ; voilà des Amans qu'il ne faudra pas prier de signer leur Contrat de mariage.

DAMIS *se releve vite.*

Ah ! je suis perdu.

PHENICE *honteuse.*

Que vois-je ?

M. ORGON.

Ne rougissez point ma fille , vos sentimens sont
avoüés de votre pere , & vous pouvez souffrir à vos
genoux un homme que vous allez épouser.

M. ERGASTE.

Mon fils , je n'avois résolu de vous parler qu'à
l'instant de votre mariage avec Madame ; vos procedés m'avoient déplû : mais je vous pardonne ,
& je suis content ; les sentimens où je vous vois
me reconcilient avec vous.

M. ORGON.

Cette jeunesse & sa vivacité me réjoüissent , je
suis charmé de ce hazard cy ; nous attendons tantôt le Notaire , & nous allons au-devant de quel-

ques amis qui nous viennent de Paris. Adieu,
puiffiez-vous vous aimer toûjours de même.

SCENE VI.

PHENICE, DAMIS.

DAMIS *trifte & à part.*

NOus ne nous aimerons donc guére : Que je
fuis malheureux !

PHENICE *riant.*

Damis, que dites-vous de cette avanture-cy ?

DAMIS.

Je dis, Madame…que je viens d'être furpris à
vos genoux.

PHENICE.

Il me femble que vous en êtes devenu tout
trifte.

DAMIS.

Il me paroît que vous n'en êtes pas trop gaye.

PHENICE.

J'ai d'abord été étourdie, je vous l'avouë : mais
je me fuis remife en vous voyant fâché ; votre
chagrin m'a raffûrée contre la Comedie que
vous avez jouée tout à l'heure. Vous vous feriez
bien paffé de l'opinion que vous venez de donner
de vos fentimens, n'eft-il pas vrai ? Il n'y a en verité rien de plus plaifant ; car après ce qu'on vient
de voir, qui eft-ce qui ne gageroit pas que vous
m'aimez ?

DAMIS *d'un ton vif.*

Eh bien, Madame, on gagneroit la gageure ;
je ne me dédirai pas, & ne me perdrai point d'honneur.

PHENICE *riant.*

Quoi ! votre amour tient bon ?

DAMIS.

Je me sacrifierois plûtôt.

PHENICE.

Je vous trouve encore un peu l'air de victime.

DAMIS.

Tout comme il vous plaira, Madame.

PHENICE.

Tant mieux pour vous si vous m'aimez au reste ;
car mon parti est pris, & je ne vous refuserois pas,
quand vous en aimeriez une autre, quand je ne vous
aimerois pas moi-même !

DAMIS.

Et d'où pourroit vous venir cette étrange intre-
pidité-là ?

PHENICE.

C'est que si vous ne m'aimiez point notre mariage ne se feroit point, parce que vous n'iriez point
jusques-là ; c'est qu'en y consentant moi , c'est une
preuve d'obéïssance que je donnerois à mon pere
à fort bon marché , & que par-là ; je le gagnerois
pour un mariage plus à mon gré qui pourroit se
presenter bien-tôt : vous voyez bien que j'aurois
mon petit interest à vous laisser démêler cette in-
trigue ; ce qui vous seroit aisé en retournant à ma
sœur qui ne vous hait pas, & que je croyois que
vous ne haïssiez pas non plus ; sans quoi , point
de quartier.

DAMIS.

Ah ! Madame, où en suis-je donc ?

PHENICE.

Qu'avez-vous ? Ce que je vous dis-là ne vous
fait rien ; rappellez-vous donc que vous m'aimez.

DAMIS.

Vous ne m'aimez pas vous-même.

PHENICE.

Eh ! qu'importe ; ne vous embarrassez pas : j'ai
de la vertu , avec cela on a de l'amour quand il
faut.

DAMIS *en lui prenant la main qu'il baise.*

Par tout ce que vous avez de plus cher, ne me laissez point dans l'état où je suis! je vous en conjure, ne vous y exposez pas vous-même.

PHENICE *riant.*

Damis, il y a aujourd'hui une fatalité sur vos tendresses; voilà ma sœur qui vous voit baiser ma main.

DAMIS *en se retirant ému.*

Je sors, adieu, Madame!

PHENICE.

Adieu donc, Damis, jusqu'au revoir.

SCENE VII.

LUCILE, PHENICE.

LUCILE *agitée.*

JE venois vous parler, ma sœur.

PHENICE.

Et moi, j'allois vous trouver dans le même dessein.

LUCILE.

Avant tout, instruisez-moi d'une chose. Est-ce que cet homme-là vous dit qu'il vous aime?

PHENICE.

De quel homme parlez-vous?

LUCILE.

Hé de Damis! Est-ce que vous en avez deux? Je ne vous connois que celui-là : encore vaudroit-il mieux que vous ne l'eussiez point.

PHENICE.

Pourquoi donc? J'allois pourtant vous apprendre que nous serons mariés ce soir.

LUCILE.

Et vous veniez exprès pour cela ! La nouvelle
est fort touchante pour une sœur qui vous aime.

PHENICE.

En verité vous m'étonnez ; car je croyois que
vous vous en rejouiriez avec moi, parce que je
vous en débarrasse. Me voilà bien trompée !

LUCILE.

Oh! trompée au-delà de ce qu'on peut dire
assurément. Jamais sujet de réjouissance ne le fut
moins pour moi; & vous ne sçavez ce que vous
faites : sans compter qu'il ne sied pas tant à une
fille de se rejouir de ce qu'elle se marie.

PHENICE.

Voulez - vous qu'on soit fachée d'épouser ce
que l'on aime ? Je vous parle franchement.

LUCILE.

C'est qu'il ne faut point aimer, Mademoiselle ;
c'est que cela ne convient point non plus ; c'est
qu'il y va de tout le repos de votre vie ; c'est que
je vous persecuterai jusqu'à ce que vous ayiez
quitté cet amour - là ; c'est que je ne veux
point que vous le gardiez, & vous ne le gar-
derez point : c'est moi qui vous le dis, qui
vous en empêcherai bien. Aimer Damis ! Epouser
Damis ! Ah ! je suis votre sœur, & il n'en sera
rien. Vous avez affaire à une amitié, qui vous de-
solera plûtôt que de vous laisser tomber dans ce
malheur là.

PHENICE.

Est-ce que ce n'est pas un honnête homme ?

LUCILE.

Eh! qu'en sçait-on ? Cet honnête homme ne
vous aime pas, cependant il vous épouse. Est-ce
là de l'honneur, à votre avis? Peut - on traiter
plus cavalierement le mariage ?

PHENICE.

Quoi! Damis qui se jette à mes genoux ? que

Vous avez trouvé tout prêt de s'y jetter encore.

LUCILE.

Voilà une petite narration de bon goût que vous me faites-là : je ne vous conseille pas de la faire à d'autres qu'à moi. Elle est encore plus l'histoire de vos foiblesses que de sa mauvaise foi, le fourbe qu'il est.

PHENICE.

Mais enfin, d'où sçavez-vous qu'il ne m'aime point ?

LUCILE.

Je vais vous dire d'où je le sçais. Tenez, voilà Lisette qui passe; elle est instruite, appellons-la. [*elle appelle.*] Lisette, lisette ! venez ici.

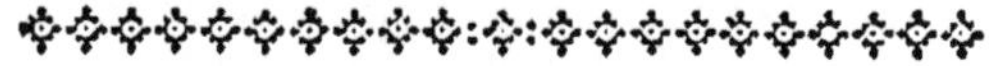

SCENE VIII.

LISETTE, LUCILE, PHENICE.

LISETTE.

DE quoi s'agit-il, Madame ?

LUCILE.

Je ne l'ai point préparée, comme vous voyez. Ah çà, Lisette, dites sans façon ce que vous pensez : nous parlons de Damis, croyez-vous qu'il aime ma sœur ?

LISETTE.

Non certes, je ne le crois pas ; car je sçais le contraire, & vous aussi, Madame.

LUCILE à *Phenice.*

Entendez-vous ?

LISETTE.

Il se desoloit tantôt du mariage en question.

LUCILE.

Voilà qui est net.

LISETTE.

Et si j'avois quelque pouvoir ici, il n'épouseroit point Madame.

LUCILE *à Phenice.*

Eh bien, ai-je tort de trembler pour vous ?

LISETTE.

Pour dire la verité, il n'aime ici que ma Maîtresse.

PHENICE.

Qui ne l'aime pas apparemment.

LISETTE.

C'est à elle à éclaircir ce point-là ; elle est bonne pour répondre.

PHENICE.

On diroit que Lisette vous épargne.

LISETTE.

Moi ! Madame.

LUCILE.

Qu'est ce que cela signifie ? Ce discours-là est obscur ; On sçait que j'ai refusé Damis.

PHENICE.

On peut le croire, mais on n'en est pas sûr : quoi qu'il en soit, je n'ai pas peur qu'on me l'enleve. Adieu, ma sœur, je vous quitte : je pense que nous n'ayons plus rien à nous dire.

LUCILE.

Vous n'étes pas mal fiere, ma sœur ; on est bien payée des inquietudes qu'on a pour vous.

PHENICE *en s'en allant.*

Je serois peut-être dupe, si j'étois reconnoissante.

SCENE IX.

LISETTE, LUCILE.

LISETTE.

Elle ne craint point qu'on le lui enleve, dit-elle? ma foi, Madame, je vous renonce, si cela ne vous pique pas : car enfin il est tems de convenir que Damis ne vous déplaît point, d'autant plus qu'il vous aime.

LUCILE.

Quand il vous plaira que je le haïsse, la recette est immanquable, vous n'avez qu'à me dire que je l'aime. Mais il ne s'agit pas de cela ; je veux avoir raison de l'impertinent orgüeil de ma sœur ; & je le puis, s'il est vrai que Damis m'aime, comme vous m'en êtes garant. Le succès de la commission que je vais vous donner, roule tout entier sur cette verité-là que vous me garantissez.

LISETTE.

Voyons.

LUCILE.

Je vous charge donc d'aller trouver Damis comme de vous-même, entendez-vous? car ce n'est pas moi qui vous y envoye, c'est vous qui y allez.

LISETTE.

Que lui dirai-je?

LUCILE.

Est ce que vous ne le devinez pas? Apparemment que vous n'y allez pas pour lui dire que je le hais : mais vous avez plus de malice que d'ignorance.

LISETTE.

Je lui ferai donc entendre que vous l'aimez?

LUCILE.

Oui, Mademoiselle, oui, que je l'aime, puisque vous me forcez à prononcer moi-même un mot qui m'est desagréable, & dont je ne me sers ici que par raison. Au reste, je ne vous indique rien de ce qui peut appuyer cette fausse confidence : vous êtes fille d'esprit, vous penetrez les mouvemens des autres, vous lisez dans les cœurs, l'art de les persuader ne vous manquera pas, & je vous prie de m'épargner une instruction plus ample. Il y a certaine tournure, certaine industrie que vous pouvez employer : vous aurez remarqué mes discours, vous m'aurez vûe inquiete, j'aurai soupiré, si vous voulez : je ne vous prescris rien, le peu que je vous en dis me révolte ; & je gâterois tout si je m'en mélois. Ménagez-moi le plus qu'il sera possible ; cependant persuadez Damis, dites-lui qu'il vienne, qu'il avouë hardiment qu'il m'aime ; que vous sentez que je le souhaite ; que les paroles qu'il m'a données ne sont rien, comme en effet ce ne sont que des bagatelles ; que je les traiterai de même, & le reste. Allez, hâtez-vous, il n'y a point de tems à perdre. Mais que vois-je ? Le voici qui vient : oubliez tout ce que je vous ai dit.

SCENE X.

DAMIS, LUCILE, LISETTE.

DAMIS, *à part les premiers mots.*

PUisse le Ciel favoriser ma feinte ! Eprouvons encore si son cœur ne me regreteroit pas. Enfin, Madame, il n'est plus question de notre mariage, vous voilà libre ; & puisqu'il le faut, j'épouserai Phenice.

LISETTE *à part.*

Que nous vient-il dire?

DAMIS.

Quoique le bonheur de vous plaire ne m'ait pas été refervé, puis-je du moins, Madame, au défaut des fentimeus dont je n'étois pas digne, me flater d'obtenir ceux de l'amitié que je vous demande?

LUCILE.

Ce foin là ne doit point vous occuper aujourd'hui, Monfieur, & je ferois fcrupule de vous retenir plus long-tems. Ah! [*Elle veut fe retirer.*]

DAMIS.

Quoi? Madame, Notre mariage vous déplait-il?

LUCILE.

J'ai trouvé que vous ne me conveniez point; & je vous avoue que fi l'on m'en croyoit, vous ne conviendriez pas mieux à Phenice; & peut-être même pourrois-je en dire ma penfée. [*En s'en allant.*] L'ingrat!

SCENE XI.

DAMIS. LISETTE.

DAMIS.

AH! Lifette, eft-ce là cette perfonne qui avoit tant de penchant pour moi?

LISETTE.

Quoi! vous ofez me parler encore? Eft-ce pour me demander mon amitié auffi à moi? Je vous la refufe. Adieu. [*à part.*] Je vais pourtant voir ce qu'on peut faire pour lui.

DAMIS.

Arrête, je me meurs! & je ne fçais plus ce que je deviendrai.

ACTE V.

SCENE PREMIERE.

FRONTAIN, LISETTE.

FRONTAIN.

JE te dis qu'il est au defespoir , & qu'il auroit déja difparu , fi je ne l'arretois pas.

LISETTE.

Qu'on est fot quand on aime !

FRONTAIN.

C'est bien pis quand on époufe !

LISETTE.

Le plus court feroit que ton Maitre allât fe jetter aux pieds de ma Maîtreffe, je fuis perfuadée que cela termineroit tout.

FRONTAIN.

Il n'y a pas moyen , il dit qu'il a fuffifamment éprouvé le cœur de Lucile , & qu'il est fi mal difpofé pour lui, que peut-être publieroit-elle l'aveu de fon amour pour le perdre.

LISETTE.

Quelle imagination !

FRONTAIN.

Que veux-tu ? le danger où il est d'époufer Phenice , l'impoffibilité où il fe trouve de la refufer avec honneur, l'idée qu'il a des fentimens de Lucile ; tout cela lui tourne la tête, & la tourneroit à un autre : il ne voit pas les chofes comme nous, il faut le plaindre ; malheureufement c'est un garçon qui a de l'efprit, cela fait qu'il fubtilife, que son cerveau travaille ; & dans de certains embarras , sçais-tu bien qu'il n'appartient qu'aux gens d'esprit de n'avoir pas le sens commun ; je l'ay tant éprouvé moi-même

LISETTE.

Quoiqu'il en soit, qu'il se garde bien de s'en aller avant que de sçavoir à quoi s'en tenir ; car j'espere que la difficulté que nous avons fait naître , & la conduite que nous faisons tenir à Lucile, le tireront d'affaire ; je n'ai pas eu de peine à persuader à ma Maitresse , que ce mariage-cy lui faisoit une veritable injure , qu'elle avoit droit de s'en plaindre , & Monsieur Orgon m'a paru aussi très-embarrassé de ce que j'ai été lui dire de sa part ; mais toi de ton côté, qu'as-tu dit au Pere de Damis ? lui as-tu fait sentir le désagrément qu'il y avoit pour son Fils de n'entrer dans une maison, que pour y broüiller les deux Sœurs ?

FRONTAIN.

Je me suis surpassé , ma fille, tu sçais le talent que j'ai pour la parole , & l'art avec lequel je mens quand il faut ; je lui ai peint Lucile , si ennemie de mon Maitre , remplissant la maison de tant de murmures, menaçant sa Sœur d'une rupture si terrible , si elle l'épouse, j'ai peint Monsieur Orgon si consterné , Phenice si découragée , Damis si stupefait .

LISETTE.

A cela qu'a-t'il répondu ?

FRONTAIN.

Rien , sinon qu'à mon recit il a soupiré , levé les épaules , & m'a quitté pour parler à Monsieur Orgon , & pour consoler son Fils qui est averti , & qui de son côté l'attend avec une douleur inconsolable.

LISETTE.

Voilà ce me semble tout ce qu'on peut faire en pareil cas pour ton Maitre , & j'ai bonne opi-

nion de cela : Mais retire-toi , voici Lucile qui
me cherche apparamment ; je lui ai toûjours dit
qu'elle aimoit Damis , sans qu'elle l'ait avoüé, &
je vais changer de ton , afin de la forcer à en
changer elle-même.

FRONTAIN.

Adieu , songe qu'il faut que je t'épouse , ou
que la tête me tourne aussi.

LISETTE.

Va va , ta tête a pris les devans , ne crains plus
rien pour elle.

SCENE II.

LUCILE, LISETTE.

LUCILE.

HE bien Lisette , avez-vous vû mon Pere ?

LISETTE.

Oüy , Madame, & autant qu'il m'a paru , je
l'ai laissé très-inquiet de vos dispositions ; pour de
réponse , Monsieur Ergaste qui est venu le joindre,
ne lui a pas donné le temps de m'en faire , il m'a
seulement dit qu'il vous parleroit.

LUCILE.

Fort bien ! Cependant les préparatifs du Mariage
se font toûjours.

LISETTE.

Vous verrez ce qu'il vous dira.

LUCILE.

Je verrai , la belle ressource ? Pouvez-vous être
de ce sang-froid-là dans les circonstances où je
me trouve ?

LISETTE.

Moi ! de sang-froid, Madame, je suis peut-être
plus fâchée que vous,

LUCILE.

Ecoutez, vous auriez raifon de l'être; je vous
dois l'injure que j'eſſuie, & j'ai fait une trifte
épreuve de l'imprudence de vos conſeils : Vous
n'êtes point méchante , mais croyez-moi, ne vous
attachez jamais à perſonne, car vous n'êtes bonne
qu'à nuire.

LISETTE.

Comment donc? eſt-ce que vous croyez que
je vous porte malheur?

LUCILE.

Hé pourquoi non? Eſt-ce que tout n'eſt pas plein
de gens qui vous reſſemblent? Vous n'avez qu'à
voir ce qui m'arrive avec vous.

LISETTE,

Mais vous n'y ſongez pas, Madame ?

LUCILE.

Oh Liſette, vous en direz tout ce qu'il vous
plaira , mais voilà des fatalités qui me paſſent &
qui ne m'appartiennent point du tout.

LISETTE.

Et de-là vous concluez que c'eſt moi qui vous
les procure? Mais, Madame, ne ſoyez donc point
injuſte. N'eſt-ce pas vous qui avez renvoyé Damis.

LUCILE.

Oüy, mais qui eſt-ce qui en eſt cauſe? Depuis
que nous ſommes enſemble, avez-vous ceſſe de
me parler des douceurs de je ne ſçais quelle liberté
qui n'eſt que chimere? qui eſt-ce qui m'a conſeillé
de ne me marier jamais?

LISETTE.

L'envie de faire de vos yeux ce qu'il vous plairoit , ſans en rendre compte à perſonne.

LUCILE.

Les Sermens que j'ai faits, qui eſt-ce qui les a
imaginés ?

LISETTE.

Que vous importent-ils, il ne tombent que fur
un homme que vous n'aimez point.

LUCILE.

Eh pourquoi donc vous êtes-vous efforcée de me
perſuader que je l'aimois ? d'où vient me l'avoir
repeté ſi ſouvent, que j'en ai preſque douté moi-
même ?

LISETTE.

C'eſt que je me trompois.

LUCILE.

Vous vous trompiez ? Je l'aimois ce matin, je
ne l'aime pas ce ſoir : ſi je n'en ai pas d'autre garant
que vos connoiſſances, je n'ai qu'à m'y fier, me
voilà bien inſtruite : cependant, dans la confuſion
d'idées que tout cela me donne à moi, il arrive en
verité, que je me perds de vûe. Non, je ne ſuis pas
ſûre de mon état, cela n'eſt-il pas déſagréable ?

LISETTE.

Raſſurez-vous, Madame ; encore une fois vous
ne l'aimez point.

LUCILE.

Vous verrez qu'elle en ſçaura plus que moi : Eh !
que ſçai-je ſi je ne l'aurois pas aimé, ſi vous m'a-
viez laiſſée telle que j'étois, ſi vos conſeils, vos pré-
jugés, vos faulſes maximes, ne m'avoient pas in-
fecté l'eſprit ? Eſt-ce moi qui ai décidé de mon ſort ?
Chacun a ſa façon de penſer & de ſentir, & apparemment que j'en ai une, mais je ne dirai pas ce
que c'eſt, je ne connois que la vôtre. Ce n'eſt ni
ma raiſon, ni mon cœur qui m'ont conduit, c'eſt
vous ; auſſi n'ai-je jamais penſé que des impertinences, & voilà ce que c'eſt : on croit ſe déterminer, on croit agir, on croit ſuivre ſes ſentimens &
ſes lumieres, & point du tout ; il ſe trouve qu'on
n'a qu'un eſprit d'emprunt, & qu'on ne vit que de
la folie de ceux qui s'emparent de votre confiance.

LISETTE

LISETTE.
Je ne sçais où j'en suis!

LUCILE.
Dites-moi ce que c'étoit, à mon âge, que l'idée de rester fille ? Qui est-ce qui ne se marie pas ? Qui est-ce qui va s'entêter de la haine d'un état respectable, & que tout le monde prend ? La condition la plus naturelle d'une fille, est d'être mariée ; je n'ai pû y renoncer qu'en risquant de désobéir à mon Pere ; je dépends de lui. D'ailleurs, la vie est pleine d'embarras ; un Mari les partage, on ne sçauroit avoir trop de secours, c'est un véritable ami qu'on acquiert. Il n'y avoit rien de mieux que Damis, c'est un honnête homme, j'entrevois qu'il m'auroit plû, cela alloit tout de suite : mais malheureusement vous êtes au monde, & la destination de votre vie, est d'être le fléau de la mienne ; le hazard vous place chez moi, & tout est renversé ; je résiste à mon Pere, je fais des sermens, j'extravague, & ma Sœur en profite !

LISETTE.
Je vous disois tout à l'heure que vous n'aimiez pas Damis ; à present je suis tentée de croire que vous l'aimez.

LUCILE.
Eh le moyen de s'en être empêchée avec vous? Eh bien oui, je l'aime, Mademoiselle, êtes-vous contente ? Oui , & je suis charmée de l'aimer pour vous mettre dans votre tort, & vous faire taire.

LISETTE.
Eh , mort de ma vie, que ne le disiez-vous plûtôt? vous nous auriez épargné bien de la peine à tous ; & à Damis, qui vous aime ; & à Frontain & moi, qui nous aimons aussi, & qui nous désesperions : mais laissez-moi faire, il n'y a encore rien de gâté.

LUCILE.
Oüi je l'aime, il n'est que trop vrai, & il ne me

manquoit plus que le malheur de n'avoir pû le cacher ; mais s'il vous en échape un mot , vous pouvez renoncer à moi pour la vie.

LISETTE.

Quoi, vous ne voulez pas ?…

LUCILE.

Non , je vous le défends.

LISETTE.

Mais , Madame , ce seroit dommage , il vous adore.

LUCILE.

Qu'il me le dise lui-même , & je le croirai ; quoi qu'il en soit , il m'a plû.

LISETTE.

Il le mérite bien , Madame.

LUCILE.

Je n'en sçais rien , Lisette ; car quand j'y songe , notre amour ne fait pas toûjours l'éloge de la personne aimée , il fait bien plus souvent la critique de la personne qui aime : je ne le sens que trop. Notre vanité & notre coquetterie, voilà les plus grandes sources de nos passions, voilà d'où les hommes tirent le plus souvent tout ce qu'ils valent ; qui nous ôteroit les foiblesses de notre cœur, ne leur laisseroit guéres de qualités estimables. Ce cabinet où j'étois cachée pendant que Damis te parloit, qu'on le retranche de mon Avanture, peut-être que je n'aurai pas d'amour ; car pourquoi est-ce que j'aime ? parce qu'on me défioit de plaire, & que j'ai voulu venger mon visage ; n'est-ce pas là une belle origine de tendresse ? Voilà pourtant ce qu'a produit un Cabinet de plus dans mon Histoire.

LISETTE.

Eh ! Madame , Damis n'a que faire de cette Avanture-là pour être aimable : laissez-moi vous conduire.

LUCILE.

Vous sçavez ce que je vous ai défendu , Lisette.

LISETTE.

Je fors, car voilà votre Pere ; mais vous aurez beau dire, fi Damis fe voyoit forcé d'époufer Phenice, ne vous attendez pas que je refte muette.

SCENE III.

M. ORGON, LUCILE.

M. ORGON.

MA fille, que fignife donc ce que Lifette m'est venu dire de votre part ? Comment, vous ne voulez pas voir le mariage de votre Sœur ? vous ne le lui pardonnerez jamais ? vous demandez à vous retirer ? Monfieur Ergafte, fon Fils, Phenice & moi, vous nous chagrinez tous : Et de qui s'agit-il, de l'homme du monde qui vous est le plus indifferent ?

LUCILE.

Très-indifferent, je l'avoué ; mais la maniere dont mon Pere me traite, ne me l'est pas.

M. ORGON.

Eh que vous ai-je fait, ma fille ?

LUCILE.

Non, il est certain que je n'ai point de part aux bontés de votre cœur ; ma Sœur en emporte toutes les tendreffes.

M. ORGON.

De quoi pouvez-vous vous plaindre ?

LUCILE.

Ce n'est pas que je trouve mauvais que vous l'aimiez, affûrément ; je fçais bien qu'elle est aimable ; & fi vous ne l'aimiez pas, j'en ferois très-fachée ; mais qu'on n'aime qu'elle : qu'on ne fonge qu'à elle ; qu'on la marie aux dépens du peu d'eftime qu'on pouvoit faire de mon efprit, de mon cœur, de mon caractere, je vous avoué, mon

Pere, que cela est bien triste, & que c'est me faire
payer bien cherement son mariage.

M. ORGON.

Mais que veux-tu dire ? Tout ce que j'y vois ,
moi, c'est qu'elle est ta cadette , & qu'elle épouse
un homme qui t'étoit destiné : mais ce n'est qu'à
ton refus. Si tu avois voulu de Damis , il ne seroit
pas à elle, ainsi te voilà hors d'interêt ; & dans le
fond, ton cœur t'a bien conduit, Damis & toi,
vous n'étiez pas nés l'un pour l'autre. Il a plû sans
peine à ta Sœur ; nous voulions nous allier Monsieur Ergaste & moi, & nous profitons de leur
penchant mutuel : c'est te débarrasser d'un homme
que tu n'aimes point , & tu dois en être charmée.

LUCILE.

Enfin, je n'ai rien à dire, & vous êtes le Maitre :
mais je devois l'épouser. Il n'étoit venu que pour
moi, tout le monde en est informé ; je ne l'épouse
point, tout le monde en sera surpris. D'ailleurs,
je pouvois quelque jour vouloir me marier moi-
même, & me voilà forcée d'y renoncer.

M. ORGON.

D'y renoncer, dis-tu ? qu'est-ce que c'est que
cette idée-là ?

LUCILE.

Oui, me voilà condamnée à n'y plus penser; on
ne revient jamais de l'accident humiliant qui m'arrive aujourd'hui ; il faut désormais regarder mon
cœur & ma main comme disgraciés ; il ne s'agit
plus de les offrir à personne, ni de chercher de
nouveaux affronts ; j'ai été dédaignée, je le serai
toûjours , & une Retraite éternelle est l'unique
parti qui me reste à prendre.

M. ORGON.

Tu es folle ; on sçait que tu as refusé Damis ,
encore une fois ; il le public lui-même, & tout le
risque que tu cours dans cette affaire-ci, c'est de
passer pour avoir le goût bizarre, voilà tout ; ainsi,

tranquillife-toi, & ne vas pas toi-même, par un
mécontentement mal entendu, te faire foupçon-
ner de fentimens que tu n'as point : Voici ta Sœur
qui vient nous joindre, & à qui j'avois donné ordre
de te parler, & je te prie de la recevoir avec amitié.

S C E N E I V.

PHENICE, LUCILE, M. ORGON.

M. ORGON.

APprochez, Phenice, votre Sœur vient de me
dire les motifs de fon dégoût pour votre mariage. Quoique Damis ne lui convienne point, on
fçait qu'il étoit venu pour elle, & elle croyoit qu'on
pouvoit mieux faire que de vous le donner : mais
elle ne fonge plus à cela, voilà qui eft fini.

PHENICE.

Si ma Sœur le regrette, & que Damis la pré-
fere, il eft encore à elle ; je le cede volontiers, &
n'en murmurerai point.

LUCILE.

Croyez-moi, ma Sœur, un peu moins de confiance ; s'il vous entendoit, j'aurois peur qu'il ne
vous prît au mot.

PHENICE.

Oh non, je parle à coup fûr, il n'y a rien à craindre, je lui ai repeté plus de vingt fois ce que je vous
dis-là.

LUCILE.

Ha, fi vous n'avez rien rifqué à lui tenir ce dif-
cours, vous m'en avez quelque obligation ; mes
manieres n'ont pas nui à la confiance qu'il a euë
pour vous.

PHENICE.

Laiffez-moi pourtant me flatter qu'il m'a choifie

LUCILE.

Et moi je vous dis qu'il est mieux que vous ne
vous en flattiez pas, Mademoiselle, vous en serez
plus attentive à lui plaire, & son amour aura besoin
de ce secours-là.

M. ORGON.

Qu'est-ce que c'est donc que cet air de dispute
que vous prenez entre vous deux ? Est-ce-là comme vous répondez aux soins que je me donne pour
vous voir unies ?

LUCILE.

Mais vous voyez bien qu'on le prend sur un ton
qui n'est pas supportable.

PHENICE.

Eh que puis je faire de plus, que de renoncer à
Damis, si votre cœur le souhaite.

LUCILE.

On vous dit que si mon cœur le souhaitoit, on
n'auroit que faire de vous, & que la vanité de vos
offres est bien inutile sur un objet qu'on vous ôteroit avec un regard si on en avoit envie : en voilà
assez, finissons.

M. ORGON.

La jolie conversation ! je vous croyois à toutes
deux plus de respect pour moi.

PHENICE.

Je ne dirai plus mot ; je n'étois venüe que dans
le dessein d'embrasser ma Sœur, & j'y suis encore
préte, si ses sentimens me le permettent.

LUCILE.

Ah ! qu'à cela ne tienne. [*elles s'embrassent.*]

M. ORGON.

Hé bien, voilà ce que je demande : allons, mes
enfans, reconciliez-vous, & soyez bonnes amies :
Voici Damis qui vient fort à propos.

SCENE V.

DAMIS, LUCILE, M. ORGON, PHENICE.

DAMIS.

JE crois, Monsieur, que vous êtes bien persuadé du desir extrême que j'avois de voir terminer notre mariage, mais vous sçavez l'obstacle qu'y a apporté Madame ; & plûtôt que de jetter le trouble dans une Famille . . .

M. ORGON.

Non, Damis, vous n'en jetterez aucun. Je vous annonce que nous sommes tous d'accord ; que nous vous estimons tous, & que mes filles viennent de s'embrasser tout à l'heure.

PHENICE.

Et même de bon cœur, à ce que je pense.

LUCILE.

Oh ! le cœur n'a que faire ici, rien ne l'interesse.

M. ORGON.

Eh, sans doute. Adieu, je vais porter cette bonne nouvelle à Monsieur Ergaste, & dans un moment revenir avec lui ici pour conclure.

SCENE VI.

DAMIS, LUCILE, PHENICE.

PHENICE *riant en les regardant.*

HA ! ha ! ha ! . . . . Que vous me divertissez tous deux, vous vous taisez, vous me regardez d'un œil noir, ha ! ha ! ha ! . . .

L U C I L E.

Où est donc le mot pour rire ?

P H É N I C E.

Oh ! il y est beaucoup pour moi , & il n'y est pas
encore pour vous, j'en conviens ; mais cela va venir . . . . Aprochez Damis.

D A M I S *faisant mine de reculer.*

De quoi s'agit-il , Madame?

P H E N I C E.

De quoi s'agit-il Madame ? Est-ce que vous
me fuyez ; le joly prélude de tendresse ? N'est-ce
pas là un homme bien disposé à m'époufer ,

[elle va à luy.]

approchez, vous dis-je, venez icy , & laiffez-vous
conduire ; allons, Monsieur , rendez hommage à
votre vainqueur , & jettez-vous à ses genoux tout
à l'heure . . . . . à ses genoux ? vous dis-je;
& vous ma sœur , tenez-vous un peu fiere, ne
lui tendez pas la main en signe de paix; mais ne
la retirez pas non plus, laiffez-la aller afin qu'il
la prenne ; voilà mon projet rempli ! Adieu, le reste
vous regarde ?

❖⬩❖⬩❖⬩❖⬩❖⬩❖⬩❖⬩❖⬩❖⬩❖⬩❖⬩❖⬩❖⬩

S C E N E   V I I.

D A M I S , L U C I L E.

L U C I L E *à Damis à genoux.*

MAis qu'est-ce que cela signifie , Damis?

D A M I S.

Que je vous adore depuis le premier instant ,
& que je n'osois vous le dire.

L U C I L E.

Affurément voilà qui est particulier ; mais
levez-

levez-vous donc pour vous expliquer.

[*Damis se leve*]

DAMIS.

Si vous sçaviez combien j'ai souffert du silence timide que j'ai gardé, Madame! Non je ne puis vous exprimer ce que devint mon cœur la premiere fois que je vous vis, ni tout le desespoir où je fus d'avoir parlé à Lisette comme j'avois fait.

LUCILE.

Je ne m'attendois pas à ce discours là ; car vous me promites alors de rompre notre mariage.

DAMIS.

Madame, je ne vous promis rien, souvenez-vous-en, je ne fis que ceder à l'éloignement où je vous vis pour moi; je ne me rendis qu'à vos dispositions, qu'au respect que j'avois pour elles, qu'à la peur de vous déplaire, & qu'à l'extrême surprise où j'étois.

LUCILE.

Je vous crois, mais j'admire la conjonéture où cela tombe; car enfin si j'avois sçû vos sentimens, que sçais-je? ils auroient pû me déterminer ; mais à présent comment voulez-vous qu'on fasse, en verité, cela est bien embarrassant.

DAMIS.

Ah ! Lucile, si mon cœur pouvoit fléchir le vôtre !

LUCILE.

Vous verrez que notre Histoire sera d'un ridicule qui me désole.

DAMIS.

Je ne serai jamais à Phenice, je ne puis être qu'à vous seule, & si je vous perds, toute ma ressource est de fuir, de ne me montrer de ma vie, & de mourir de douleur.

LUCILE.

Cette extrêmité-là seroit terrible ; mais dites-moi, ma Sœur sçait donc que vous m'aimez?

DAMIS.

Il faut qu'on le lui ait dit, ou qu'elle l'ait soupçonné dans nos converfations, & qu'elle ait voulu m'encourager à vous le dire.

LUCILE

Hum ! fi elle a foupçonné que vous m'aimiez, je fuis fûre qu'elle fe fera doutée que j'y fuis fenfible.

DAMIS *en lui baifant la main.*

Ah ! Lucile, que viens-je d'entendre ! dans quel raviffement me jettez-vous !

LUCILE.

Notre Avanture fera rire, mais notre amour m'en confole ; je crois qu'on vient.

SCENE DERNIERE.

M. ORGON, M. ERGASTE, PHENICE,

DAMIS, LISETTE, FRONTAIN, LUCILE·

M. ERGASTE

ALlons, mon Fils, hâtez-vous de combler ma joye, & venez figner votre bonheur.

DAMIS.

Mon Pere, il n'eft plus queftion de Mariage avec Madame, elle n'y a jamais penfé, & mon cœur n'appartient qu'à Lucile.

M. ORGON.

Qu'à Lucile?

LISETTE.

Oüi, Monfieur, à elle-même, qui ne le refufera pas ; mariez hardiment, tantôt nous vous dirons le refte.

M. ORGON.

Estes-vous d'accord de ce qu'on dit-là, ma Fille?

LUCILE. *donnant la main à Damis.*

Ne me demandez point d'autre réponse, mon Pere.

FRONTAIN.

Eh bien Lisette, qu'en fera-t'il ?

LISETTE *lui donnant la main.*

Ne me demande point d'autre réponse.

FIN.

CATALOGUE

Des Livres amufans qui fe vendent chez le même
Libraire.

De Monfieur DE MARIVAUX.

LEs Avantures de *** ou les effets furprenans
de la Sympatie. 5 vol. in 12.

La Voiture embourbée, ou le Roman inprom-
ptu. in 12.

L'Homere travefti, ou l'Illiade en Vers Burlef-
ques 2 vol in 12. *avec figures.*

Le Spectateur François. 2 vol. in 12.

La Vie de Marianne, premiere Partie.
On donnera inceffamment la fuite.

Pharfamon, ou les nouvelles Folies Romanef-
ques 2 vol. in 12. *fous Preffe.*

Pieces du Theatre François.

Annibal, Tragedie.

Le Dénoument imprévú, Comedie.

L'Ifle de la Raifon, ou les Petits Hommes, Com.

La feconde Surprife de l'Amour, Comedie.

La Réunion des Amours, Comedie. 1731.

Les Sermens indiferets, Comedie, 1732.

Comedies du Theatre Italien.

Arlequin poli par l'A- mour.	L'Ifle des Efclaves.
La furprife de l'Amour.	L'Heritier de Village.
La double inconftance.	Le Jeu de l'Amour & du Hazard.
Le Prince travefti.	Le Triomphe de l'A-
La fauffe Suivante.	mour. 1732.

De Monfieur GRANDVAL.

Le Vice puni, ou Cartouche, Poëme. in 8. *fig.*

—— le même in 8. *fans figures.*

Effai fur le bon goût en Mufique. in 12. 1732.

De Monfieur DE BOISSY.

Le Je ne fçai quoi, Comedie, *reprefentée fur le
Theatre des Comediens Italiens en* 1731. in 8.
avec l'Eftampe de Mlle Sylvia, & de Tomaffin.

La Critique, Comedie; avec le Prologue du Su-
perstitieux, *pour le même Theatre.* in 8. 1732.

De Monsieur DE CREBILLON.

Lettres de Madame la Marquise de ** à Monsieur le Comte de R. 2 vol. in 12. 1732.

De Monsieur N. DE LA ROCHELLE.

Histoire de Demetrius Czar de Moscovie. in 12.

La Duchesse de Capouë. in 12. 1732.

De Monsieur T ** G. D. T:

La Vie de Pedrille del Campo, Roman Comique, dans le goût Espagnol. in 12. *avec fig.*

De Monsieur DE P***.

Melisthenes, ou l'Illustre Persan in 12. 1732.

De Madame DURAND.

Les Belles Grecques. in 12. *avec figures.*

Henry, Duc des Vandales. in 12. *avec figures.*

On réimprime les suivans.

Memoires secrets de la Cour de Charles VII. 2.
vol. in 12.

Le Comte de Cardonne. in 12.

La Comtesse de Mortane. 2 vol. in 12.

Le Voyage de Campagne. 2 vol. in 12.

Les petits Soupers de l'Eté. 2 vol. in 12.

Oeuvres mêlées. in 12.

De Madame la Marquise DE L***.

Histoire de Tullie, fille de Ciceron. in 12.

Homere en Arbitrage. *Brochure* in 12.

De Madame DE CH***.

La Fidelité récompensée, Histoire Portugaise,
in 12. 1732.

De Madame DE GOMEZ.

Histoire secrette de la Conquête de Grenade. 12.

Les Journées amusantes. 8 vol. in 12. *avec fig.*

Anecdotes Persannes. 2 vol. in 12.

Crementine, Reine de Sanga 2. vol. in 12. *fig.*

Oeuvres mêlées, contenant ses Tragedies, &c.

Histoire d'Osman, Empereur des Turcs 2. vol.

in 12. *sous Presse*.

Le Triomphe de l'Eloquence. *Brochure*.

Entretiens nocturnes de Mercure & de la Renommée, au Jardin des Thuileries, *Brochure*.

Lettre sur le Poëme de Clovis. *Brochure*.

Réflexions sur la Tragedie d'Ines de Castro, Tragedie. *Brochure*.

Réponse aux sentimens d'un Spectateur sur la même Piece. *Brochure*.

De Monsieur GUEULETTE.

Les Contes Tartares. 3 vol. in 12. *figures*.

Les Contes Chinois. 2 vol. in 12. *avec figures*,

Les Contes Mogols. 3 vol. in 12. 1732.

De differens Auteurs.

L'Amante retrouvée, Opera Comique.

Apologie des Bêtes, ou leur connoissance & raisonnement, prouvés contre le Systême des Cathésiens, Ouvrage en Vers. in 8. 1732.

Argenis, Roman Heroïque. 2 vol. in 12. *fg*.

Ariane. 3 vol. in 12. *avec figures*.

Avantures de Dom Antonio de Buffalis. in 12.

—— du jeune Comte de Lancastel. in 12.

—— choisies. in 12. *avec figures*. 1732.

On imprime le second volume.

—— des trois Princes de Sarendip. in 12. *fg*.

Contes Arabes, 12 vol. in 12.

—— Persans. 5 vol. in 12.

—— des Fées 9 vol. in 12.

—— de Perault. in 12.

——- Egyptien. *Brochure*.

—— d'Eutrapel, avec les Propos Rustiques de Ragot, Capitaine des Gueux. Belle Edition, 3 vol. in 12. 1732.

Critique du Poëme de Cartouche, in 8.

Dialogue des Vivans. in 12.

Eloge de la Folie. in 12. *avec figures*. 1731.

Epitres Heroïques d'Ovide nouvellement traduites en Vers par M. L. in 12. 1732.

Fables de la Fontaine. 3 vol. in 8. *avec figures.*
—— les mêmes in 8. 2 vol. *sans figures.*
—— les mêmes in 12. 1 vol.
—— d'Esope avec les Quatrains du Labyrin-
  the de Versailles. in 12. *avec figures.* 1732.
Gonigam, ou l'Homme prodigieux, 2. vol.
Gustave Vasa. in 12.
Grenier à sel de l'Esprit. in 12. 1731.
Histoire du Connétable de Lune. in 12.
—— de Domquichot, avec la suitte & les
  nouvelles Avantures. 14 vol. in 12.
—— de Phalaris, & ses Lettres, 2 vol.
—— de Jean de Bourbon, P. de Carency, in 12.
—— de Madame de Gondez, 2 vol. in 12.
Les Desesperés, 2 vol. in 12. 1732.
Les Geans, Poëme Epique, in 12.
Les Illustres Françoises. 3 vol. in 12.
Les Imperatrices Romaines. 3 vol. in 12.
Lettres Historiques sur les Spectacles 2 vol. in 12.
—— Amusantes écrites à un Millionnaire. 3 vol.
Memoire de Wordak, nouv. Edit. 2 vol. 1732.
Nouveautés dédiées à gens de differens états depuis la charuë jusqu'au Sceptre, contenant
  50 Chapitres précedés d'autant d'Epitres
  dedicatoires. 2 vol. in 12.
Oeuvres de Corneille. 10 vol. in 12.
—— de Racine. 2. vol.
—— de Moliere, de l'impression de Prault, in
  12. 8 vol. 1730.
—— *Idem.* in 4. 6. vol. grand papier, avec Es-
  tampes, Vignettes, Lettres grises & Fleurons
  en tailles-douces, dessinés & gravés par les
  meilleurs Maîtres, *s'imprime actuellement
  chez ledit Prault, & sera finie au commencement de l'année* 1733.
—— de Rabelais, nouvelle Edition, plus belle,
  plus correcte & plus ample que les preceden-
  tes, 6 vol. in 8. 1732.

—— de Legrand, 4 vol.
—— de Pavillon, in 12.
—— de Madame de Villedieu, 12 vol. in 12.
Oeuvres de Saint Evremont, 7 vol. in 12.
—— de M. de la Viſclede, 2 vol. in 12.
Poëſies de Chaulieu, in 8.
Roland le Furieux, 2 vol. in 12. *figures.*
—— L'Amoureux. in 12.
Rozelli, 4 vol. in 12. *figures.*
Tours de Maitre Gonin. 2 vol. in 12.
Traité ſur la Magie, le Sortilége, les Poſſeſſions,
   Obſeſſions & Maleſices, &c. in 12. 1732.
—— du Sublime, in 12. *ſous preſſe.*
Zaïde 2 vol. in 12.

LIVRES D'HISTOIRE.

Abregé de la Bible, par Demandes & Rép. in 12.
Hiſtoire du Peuple de Dieu, 7 vol. in 4.
Vie des Saints de Giry, fol. 3 vol.
—— *Idem.* en abregé, fol. 2 vol.
Vie de Saint François d'Aſſiſe, in 4.
Hiſtoire Univerſelle & Chronologique du Pere
   Petault, in 12. 5 vol.
—— du Monde, de Chevreau, 8 vol. in 12.
—— d'Herodote, in 12. 3 vol.
—— de Tucidide, in 12. 3 vol.
—— de Saluſte, in 12.
Portraits Hiſtoriques des Hommes Illuſtres, de
   Baudelot, in 4.
Hiſtoire Romaine, par Demandes & Réponſes,
   in 12. 2. vol.
La Vie de Sixte V. in 4. & 2 vol. in 12. *figures.*
Hiſtoire Généalogique de la Maiſon Royale de
   France, des Pairs, des Grands Officiers de la
   Couronne & de la Maiſon du Roy, & des an-
   ciens Barons du Royaume, in fol. 9 vol. 1732.
Etat de la France, in 12. 5 vol.
Methode facile pour apprendre l'Hiſtoire de
   France, par Demandes & réponſes, avec une

Idée generale des Sciences, augmentée juf-
qu'en 1730. in 12.
Hiſtoire de Mezeray, in 4. & in 12.
—— des Dauphins François, & des Princeſſes
qui ont porté le nom de Dauphines, in 12.
Les Campagnes de M. le D. de Vendôme, in 12.
Hiſtoire de la Milice Françoiſe, in 4. 2 vol. *fig.*
Les Privileges des Suiſſes, avec un Traité Hiſ-
torique & Politique des Alliances des Rois de
France avec cette Nation, in 4. 1731.
Memoires du Sieur de Pontis, in 12. 2 vol.
Hiſtoire de l'Empire, par Heiſſe, nouvelle Edi-
tion, continuée juſqu'en 1730. in 4. 3 vol.
—— *Idem.* 10 vol. in 12.
Hiſtoire des Revolutions d'Eſpagne. 10 vol. in 12
—— de la Conquête du Mexique, in 12. 2 vol.
figures. 1730.
—— de la découverte du Perou, in 12. 2 v. *fig.*
—— de Timurbek, Empereurs des Mogols &
Tartares, in 12. 4 vol. *figures.*
GEOGRAPHIE.
Geographie univerſelle de Noblot, 6. vol. in 12.
avec Cartes.
Le parfait Geographe, in 12. 2 vol. *avec Cartes.*
Methode pour apprendre la Geographie, in 12.
Dictionnaire de la France, in fol. 3 vol.
Nouveau Dénombrement du Royaume de Fran-
ce, in 4.
Deſcription de Lisbonne, in 12. 1730.
VOYAGES.
Voyages de Miſſon, 4. vol. *figures..*
Le quatrième ſe vend ſeparément.
—— de Robinſon, 3 vol. *figures.*
—— de Marchais, en Guinée, redigés par le P.
Labatte, 4. vol. *figures.*
—— de Coréal, in 12. 2. vol. *figures.*
—— de Bellerive, in 12.
Découverte de l'Emp. de Cantahar, in 12. 1731.

APPROBATION.

J'AY lû par ordre de Monseigneur le Garde des Sceaux *les Sermens indiscrets*, *Comedie*, & je n'y ai rien trouvé qui puisse en empêcher l'impression. Fait à Paris le 28 Juin 1732.
Signé, GALLYOT.

PRIVILEGE DU ROI.

LOUIS, par la grace de Dieu, Roi de France & de Navarre. A nos Amés & feaux Conseillers les Gens tenans nos Cours de Parlement, Maîtres des Requêtes ordinaires de notre Hôtel, Grand Conseil, Prevôt de Paris, Baillifs, Seneschaux, leurs Lieutenans Civils & autres nos Justiciers qu'il appartiendra, SALUT. Notre bien amé PIERRE PRAULT, Libraire & Imprimeur à Paris, Nous ayant fait remontrer qu'il souhaiteroit faire imprimer ou imprimer & donner au Public, un Ouvrage qui a pour titre, *les Oeuvres du Sieur de Marivaux*, *La Vie de Marianne*, &c. s'il Nous plaisoit lui accorder nos Lettres de Privilege sur ce necessaires, offrant pour cet effet de le faire imprimer en bon papier & beaux caracteres, suivant la feuille imprimée & attachée pour modele sous le contre-scel des Presentes: A ces causes, Voulant traiter favorablement ledit Exposant, Nous lui avons permis & permettons par ces Presentes de faire imprimer ledit Ouvrage ci-dessus specifié, en un ou plusieurs Volumes, conjointement ou separement, & autant de fois que bon lui semblera, sur papier & caracteres conformes à ladite feuille imprimée & attachée sous notredit Contre-scel, & de le vendre, faire vendre & debiter par tout notre Royaume pendant le tems de six années consecutives, à compter du jour de la date desd. Presentes: Faisons defenses à toutes sortes de personnes de quelque qualité & condition qu'elles soient, d'en introduire d'impression etrangere dans aucun lieu de notre obeïssance: comme aussi à tous Libraires, Imprimeurs & autres, d'imprimer, faire imprimer, vendre, faire vendre, debiter ni contrefaire ledit Ouvrage ci-dessus exposé en tout ni en partie, ni d'en faire aucuns extraits, sous quelque pretexte que ce soit, d'augmentation, correction, changement de titre, ou autrement, sans la permission expresse & par écrit dudit Exposant, ou de ceux qui auront droit de lui, à peine de confiscation des Exemplaires contrefaits, de quinze cens livres d'amende contre chacun des contrevenans, dont un tiers à Nous, un tiers à l'Hôtel-Dieu de Paris, l'au-

tre tiers audit Exposant, & de tous dépens, dommages & intérêts ; à la charge que ces Présentes seront enregistrées tout au long sur le Registre de la Communauté des Libraires & Imprimeurs de Paris, dans trois mois de la datte d'icelles ; que l'impression de ces Ouvrages sera faite dans notre Royaume & non ailleurs, & que l'Impetrant se conformera en tout aux Reglemens de la Librairie, & notamment à celui du 10 Avril 1725. & qu'avant que de l'exposer en vente, les Manuscrits ou Imprimés qui auront servi de copies à l'impression desdits Livres seront remis dans le même état où les Aprobations y auront été données, ès mains de notre très-cher & féal Chevalier Garde des Sceaux de France, le Sieur Chauvelin ; & qu'il en sera ensuite remis deux Exemplaires de chacun dans notre Bibliotheque publique, un dans celle de notre Château du Louvre, & un dans celle de notre très-cher & féal Chevalier Garde des Sceaux de France, le Sieur Chauvelin, le tout à peine de nullité des Presentes ; Du contenu desquelles vous mandons & enjoignons de faire joüir led. Exposant ou ses ayans cause pleinement & paisiblement, sans souffrir qu'il leur soit fait aucun trouble ou empêchement. Voulons que la Copie desdites Presentes, qui sera imprimée tout au long au commencement ou à la fin dudit Ouvrage, soit tenuë pour düement signifiée ; & qu'aux copies collationnées par l'un de nos amés & féaux Conseillers & Secretaires, foi soit ajoûtée comme à l'Original : Commandons au premier notre Huissier ou Sergent, de faire pour l'execution d'icelles tous Actes requis & necessaires, sans demander autre permission, & nonobstant clameur de Haro, Charte Normande, & Lettres à ce contraires : CAR tel est notre plaisir DONNE' à Fontainebleau le dix-neuviéme jour du mois de Juillet, l'an de grace mil sept cens trente-un, & de notre Regne, le seiziéme. Par le Roy en son Conseil.
Signé, VERNIER.

Registré sur le Registre VIII. de la Chambre Royale des Libraires & Imprimeurs de Paris, N. 212. Fol. 204. conformément aux anciens Reglemens, conformés par celui du 28. Fevrier 1723. A Paris le 9. Aoust 1731.
Signé, P. A. LE MERCIER, Syndic.

www.ingramcontent.com/pod-product-compliance
Ingram Content Group UK Ltd.
Pitfield, Milton Keynes, MK11 3LW, UK
UKHW020311130726
13696UKWH00003B/1006